EL VALLE DE LOS LOBOS

LAURA GALLEGO GARCÍA

Para Adrián, con cariño.
Sigue leyendo y
suerte en la vida.

Laura Gallego

ediciones sm

Primera edición: noviembre 2001
Cuarta edición: febrero 2003

Dirección editorial: María Jesús Gil Iglesias
Colección coordinada por Marinella Terzi
Ilustración de cubierta: Leire Mayendía
Diseño de la colección: Alfonso Ruano y Pablo Núñez

© Laura Gallego García, 2000
© Ediciones SM, 2000
   Joaquín Turina, 39 - 28044 Madrid

Comercializa: CESMA, SA - Aguacate, 43 - 28044 Madrid

ISBN: 84-348-7361-3
Depósito legal: M-54561-2002
Preimpresión: Grafilia, SL
Impreso en España / *Printed in Spain*
Imprenta SM - Joaquín Turina, 39 - 28044 Madrid

No está permitida la reproducción total o parcial de este libro, ni
su tratamiento informático, ni la transmisión de ninguna forma o
por cualquier medio, ya sea electrónico, mecánico, por fotocopia,
por registro u otros métodos, sin el permiso previo y por escrito
de los titulares del *copyright*.

Para Jack, el auténtico Kai

*El amor es el único puente entre lo visible y lo invisible
que todas las personas conocen.*

*No te preocupes en explicar emociones.
Vive todo intensamente
y guarda lo que sentiste como una dádiva de Dios.
Si crees que no vas a conseguir aguantar en un mundo
donde vivir es más importante que entender,
entonces desiste de la magia.*

Tú nunca serás mía; y, por eso, te tendré para siempre.

Paulo Coelho, *Brida*

I

K A I

*E*L VIENTO AZOTABA sin piedad las ramas de los árboles, y su terrible rugido envolvía implacablemente la granja, que soportaba las sacudidas con heroísmo, dejando escapar sólo algún crujido ocasional en las embestidas más fuertes. El cielo estaba totalmente despejado, pero no había luna, y ello hacía que la noche fuera especialmente oscura.

Los habitantes de la casa dormían tranquilos. Había habido otras noches como aquélla en su inhóspita tierra, y sabían que el techo no se desplomaría sobre sus cabezas. Sin embargo, los animales sí estaban inquietos. Su instinto les decía que aquélla no era una noche como las demás.

Tenían razón.

Justo cuando las paredes de la casa volvían a gemir quejándose de la fuerza del viento, un repentino grito rasgó los sonidos de la noche.

Y pronto la granja entera estaba despierta, y momentos más tarde un zagal salía disparado hacia el pueblo, con una misión muy concreta: su nuevo hermano estaba a punto de nacer, y había que avisar a la comadrona lo antes posible.

En la casa reinaba el desconcierto. La madre no tenía que dar a luz hasta dos meses después, y, además, sus dolores estaban siendo más intensos de lo habitual. Ella era la primera asustada: había traído al mundo cinco hijos antes de aquél, pero nunca había tenido que sufrir tanto. Algo no marchaba bien, y pronto en la granja se temió por la vida de la mujer y su bebé.

La comadrona llegó resoplando veinte minutos más tarde, y todos se apresuraron a cederle paso y a dejarla a solas con la parturienta, tal y como ella exigió. La puerta se cerró tras las dos mujeres.

Fuera, el tiempo parecía hacerse eterno, y la tensión podría haberse cortado con un cuchillo, hasta que finalmente un llanto sacudió las entrañas de la noche, desafiando al rugido del viento.

—¡Mi hijo! —gritó el padre, y se precipitó dentro de la habitación.

La escena que lo recibió lo detuvo en seco a pocos metros de la cama. La madre seguía viva; agotada y sudorosa, pero viva. A un lado, la comadrona alzaba a la llorosa criatura entre sus brazos y la miraba fijamente, con una extraña expresión en el rostro.

Era una niña de profundos ojos azules y cuerpecillo diminuto y arrugado. Un único mechón de cabello negro adornaba una cabeza que parecía demasiado grande para ella.

—¿Qué pasa? —preguntó la madre, intuyendo que algo no marchaba bien—. ¿No está sana?

Ninguna de las tres prestaba atención al hombre que acababa de entrar. La vieja se estremeció, pero se apresuró a tranquilizarla:

—La niña está bien.

Jamás contó a nadie lo que había visto en aquella mirada azul que se asomaba por primera vez al mundo.

La llamaron Dana, y creció junto a sus hermanos y hermanas como una más. Aprendía las cosas con rapidez y realizaba sus tareas con diligencia y sin protestar. Como la supervivencia de la familia invierno tras invierno dependía del trabajo conjunto de todos sus miembros, la niña pronto supo cuál era su lugar y entendió la importancia de lo que hacía.

Nunca la trataron de forma especial y, sin embargo, todos podían ver que ella era diferente.

Lo notaron en su carácter retraído y en su mirada grave y pensativa. Además, prefería estar sola a jugar con los otros niños, era sigilosa como un gato y apenas hablaba.

Hasta que conoció a Kai.

Dana tenía entonces seis años. Aquél era un día especialmente caluroso, y ella se había levantado temprano para acabar su trabajo cuanto antes y poder pasar sentada a la sombra las horas de más sol. Estaba recogiendo frambuesas para hacer mermelada cuando sintió que había alguien tras ella, y se giró.

—Hola —dijo el niño.

Se había sentado sobre la valla, y la miraba sonriendo. Dana no lo había oído llegar.

Tendría aproximadamente su edad, pero la niña no recordaba haberle visto por los alrededores, así que lo estudió con atención. Estaba muy delgado, y el pelo rubio le caía sobre los hombros en mechones desordenados. Con todo, sus ojos verdes brillaban amistosos, y en su sonrisa había algo que inspiraba confianza.

Sin embargo, Dana no respondió al saludo, sino que dio media vuelta y siguió con su trabajo.

—Me llamo Kai —dijo el niño a sus espaldas.

Dana se volvió de nuevo para mirarle. Él sonrió otra vez. Ella dudó.

—Yo soy Dana —dijo finalmente, y sonrió también.

Aquél fue el comienzo de una gran amistad.

Al principio se veían muy de cuando en cuando. Era él quien visitaba la granja, y Dana nunca le preguntó dónde vivía, o quiénes eran sus padres. Kai estaba allí, y eso era suficiente.

Con el tiempo empezaron a verse todos los días. Kai aparecía temprano por la mañana para ayudarla con su trabajo: así acababa antes, y tenía más tiempo libre hasta la hora de comer.

Entonces corrían los dos al bosque, entre risas, y se perdían en él. Kai le enseñaba mil cosas que ella no sabía, y juntos silbaban a los pájaros, espiaban a los ciervos, trepaban a los árboles más altos y exploraban los rincones más ocultos, bellos y salvajes de la floresta.

Un día estaban charlando en el establo mientras daban de comer a los caballos, cuando los sorprendieron la madre y la hermana mayor de Dana, que volvían del campo, donde estaban todos los adultos ayudando en la siembra.

—¿Con quién hablas, Dana? —le preguntó la madre, sorprendida.

—Con Kai —respondió ella, y se volvió hacia su amigo; pero descubrió con sorpresa que él ya no estaba allí.

—¿Quién es Kai? —quiso saber la madre, intrigada.

Entonces Dana cayó en la cuenta de que, en todo aquel tiempo, nunca le había hablado a su familia de Kai, ni ellos le habían visto, porque siempre se presentaba cuando ella estaba sola.

La niña se giró en todas direcciones y llamó a su escurridizo amigo, pero no hubo respuesta.

—¡Estaba aquí hace un momento! —exclamó al ver la expresión de su madre.

Ella movió la cabeza con un suspiro, y su hermana se rió. Dana quiso añadir algo más, pero no pudo; se quedó mirando cómo ambas mujeres salían del establo para entrar en la casa.

Aquélla fue la primera vez que Dana se enfadó con Kai. Primero lo buscó durante toda la mañana, pensando reprocharle el haberse marchado tan de improviso, pero no lo encontró. Esperó en vano toda la tarde a que él se presentase de nuevo, y después decidió que, si volvía a aparecer, no le dirigiría la palabra.

Sin embargo, al amanecer del día siguiente, Kai estaba allí, puntual como siempre, sentado sobre la valla y con una alegre sonrisa en los labios.

Dana salió de la casa después del desayuno, también como siempre. Pero pasó frente a Kai sin mirarle, y se dirigió al gallinero ignorándole por completo, como si no existiese.

El niño fue tras ella.

—¿Qué te pasa? —preguntó—. ¿Estás enfadada?

Dana no respondió. Con la cesta bajo el brazo, comenzó a recoger los huevos sin hacerle caso.

Al principio Kai la siguió sin saber muy bien qué hacer. Después, resueltamente, se puso a coger huevos él también, y a depositarlos en la cesta, como venía haciendo todas las mañanas. Dana le dejó hacer, pero se preguntó entonces, por primera vez, si Kai no tenía una granja en la que ayudar, ni unos padres que le dijesen el trabajo que debía realizar. Pero, como seguía enfadada, no formuló la pregunta en voz alta.

—Lo siento, Dana —susurró Kai entonces, y su voz sonó muy cerca del oído de la niña.

—Desapareciste sin más —lo acusó ella—. Me hiciste quedar mal delante de mi madre y mi hermana. ¡Pensaron que les estaba mintiendo!

—Lo siento —repitió él, y el tono de su voz era sincero; pero Dana necesitaba saber más.

—¿Por qué lo hiciste?

—Era mejor.

—¿Por qué?

Kai parecía incómodo y algo reacio a continuar la conversación.

—Ellos no saben que eres mi amigo —prosiguió Dana—. ¿Es que no quieres conocer a mi familia?

—No es eso —Kai no sabía cómo explicárselo—. Es mejor que no les hables de mí. Que no sepan que estoy aquí.

—¿Por qué?

Kai no respondió enseguida, y la imaginación de Dana se disparó. ¿Qué sabía de él, en realidad? ¡Nada! ¿Y si se había escapado? ¿Y si era un ladrón, o algo peor?

Rechazó aquellos pensamientos rápidamente. Sabía que Kai era buena persona. Sabía que podía confiar en él.

¿Realmente, lo sabía?

Miró fijamente a Kai, pero el niño parecía muy apurado.

—Confía en mí —le dijo—. Es mucho mejor que no sepan nada de mí. Mejor para los dos.

—¿Por qué? —repitió ella.

—Algún día te lo contaré —le prometió Kai—. Pero aún es pronto. Por favor, confía en mí.

Dana lo quería demasiado como para negarle aquello, de modo que no hizo más preguntas.

Pero en su corazón se había encendido la llama de la duda.

Las estaciones pasaron rápidamente; Dana creció casi sin darse cuenta, y Kai con ella. A los ocho años ya no era un niño enclenque, sino un muchacho saludable y bien formado, mientras que Dana se hizo más alta y espigada, y sus trenzas negras como el ala de un cuervo le llegaban a la cintura.

Seguían siendo amigos, y pasando la mayor parte del tiempo juntos. Y Dana no podía dejar de sorprenderse cada vez que pensaba que ella era la única en la granja que conocía la existencia de Kai. A veces había tratado de preguntarle quién era, de dónde venía, por qué tanto secreto; pero él respondía con evasivas o cambiaba de tema.

Hasta que un día los acontecimientos se precipitaron.

Amaneció nublado. Después de realizar sus tareas cotidianas, Dana y Kai corrieron a su refugio en el bosque.

Aquel día se entretuvieron más de la cuenta, siguiendo a un venado y espiando a la nueva camada de oseznos que ya trotaba tras su madre por la maleza. Al no tener la referencia del sol, a Dana se le pasó el tiempo rápidamente. Además, se había inflado a comer moras silvestres, así que esta vez ni siquiera su estómago le dio la voz de alarma.

Cuando quiso darse cuenta estaba ya anocheciendo. Se despidió de Kai precipitadamente y echó a correr. El niño la vio marchar, muy serio, pero no la siguió.

Dana atravesó el bosque enredándose con los arbustos, tropezando con las raíces y apartando las ramas a manotazos, sin importarle los arañazos, raspones y magulladuras que marcaban su piel. Cuando salió a campo abierto la última uña de sol se ocultaba por el horizonte.

Cruzó la pradera como un rayo y saltó la empalizada de la granja mientras las primeras estrellas empezaban a tachonar el cielo, semiocultas por los últimos jirones del manto de nubes que había velado el sol todo el día.

Llegó a la puerta de su casa sin aliento. Apenas acababa de ponerse el sol, pero ella llevaba fuera desde bien entrada la mañana, y no había aparecido por la granja para comer, ni había participado en la recolección de tomates por la tarde.

Cuando entró en la casa, jadeante pero encogida por el temor ante una reprimenda, se quedó en la puerta sin atreverse a pasar. Vio que su familia había empezado a cenar sin ella. Dio un par de pasos al frente, tímidamente.

La madre alzó la cabeza para mirarla, y Dana vio que había estado llorando. La conmovió aquel signo de cariño, pero también contribuyó a acrecentar su sentimiento de culpa.

—Buenas noches —susurró la niña, un poco más animada al ver que su entrada había provocado una sensación de alivio en los rostros de todos.

—Estábamos preocupados —dijo uno de sus hermanos mayores—. ¿Dónde estabas? Íbamos a salir a buscarte después de cenar.

Dana iba a contestar, pero se contuvo al ver que su madre avanzaba hacia ella. Ya no parecía preocupada, sino terriblemente enfadada. La niña intuyó lo que iba a pasar, pero no tuvo tiempo de apartarse.

El bofetón sonó por toda la casa.

Dana se llevó una mano a la mejilla dolorida y parpadeó varias veces para contener las lágrimas. Era demasiado responsable para no comprender que lo tenía merecido. Había visto con sus propios ojos lo que los lobos hacían con las reses extraviadas. Entendía que, debido a su ausencia, su familia había temido que ella hubiese corrido la misma suerte.

—¿Dónde estabas? —chilló su madre—. ¿Te parece bonito desaparecer así, por las buenas?

—Se me ha pasado el tiempo —musitó ella—. No me he dado cuenta de la hora que era. Lo siento...

Un segundo bofetón la hizo enmudecer. Dana miró a su madre, atónita y dolida. Admitía que había hecho mal, lo lamentaba. ¿No bastaba con una sola bofetada? ¿Era necesaria la segunda?

—¿Dónde has estado? —repitió la madre.

—En el bosque.

Ahora, Dana temblaba violentamente, y sus palabras eran apenas audibles.

—¿Todo el día en el bosque? —la madre cruzó los brazos, incrédula—. ¿Y se puede saber qué hacías allí?

Dana titubeó un brevísimo instante.

—Explorar —susurró—. Seguir a un venado, comer moras silvestres... incluso hemos... —se calló súbitamente y rectificó—: incluso he visto a la nueva camada de oseznos.

Pero la madre no pasó por alto el desliz.

—¿«Hemos»? —repitió—. ¿Quién estaba contigo?

Dana tardó unos segundos en responder. La mano de su madre se alzó de nuevo, y ella se apresuró a decir:

—Sara, la niña de la granja del norte.

—¡Embustera! —soltó desde la mesa una de sus hermanas—. ¡Sara ha estado con nosotras recogiendo tomates! Le hemos preguntado por ti, y nos ha dicho que no te había visto en todo el día.

La mano de la madre se disparó de nuevo, y la tercera bofetada estalló contra el rostro de Dana. La niña gimió y se acurrucó contra la pared.

—¡Responde! ¿Quién estaba contigo?

—No mientas, Dana —dijo la voz de su padre, que lo observaba todo un poco apartado—. Es tu madre. Se preocupa por ti. Ha sufrido mucho pensando que te había pasado algo malo.

Pero Dana apenas lo oyó. Sólo tenía en los oídos los gritos de su madre.

—¿Contestarás de una vez?

La niña seguía temblando. La mujer la agarró por la ropa y la zarandeó.

—¡Responde! ¿Quién estaba contigo?

Dana no pudo más.

—¡Kai! —chilló—. ¡He estado con Kai todo el día! ¡Todos los días!

Se sintió de pronto tan aliviada que no le preocupó la extrañeza de sus padres, hermanos y hermanas.

Pero su madre la sacudió de nuevo.

—¿Y quién es ese Kai? —quiso saber.

—Ya... ya te lo dije una vez. Es mi amigo. Mi... mi mejor amigo. Un niño de mi edad.

La madre la soltó, frustrada.

—¿Por qué me mientes? —preguntó, y esta vez el tono de su voz no era amenazador, sino dolido.

—¡No te miento! —exclamó Dana, sorprendida—. ¡Es la verdad! Kai lleva mucho tiempo viniendo a verme a la granja —paseó su mirada por la habitación—. ¡Alguien tiene que haberle visto! Es un niño rubio...

—Está mintiendo —dijo uno de los hermanos, pero la madre lo fulminó con la mirada.

—Tú cállate. No te metas en esto.

—Kai no existe —dijo entonces la hermana mayor—. Ella lo ha inventado. ¿Es que no os dais cuenta? Siempre anda por ahí hablando sola. Dice que habla con ese Kai.

La madre adoptó una expresión de duda y miró a Dana. Pero ella se sentía ahora víctima de una conspiración familiar.

—¡Yo no estoy mintiendo! —gritó, furiosa—. ¡Kai existe, yo lo veo todos los días, y no hablo sola!

La rabia había ahogado cualquier tipo de remordimiento.

—Kai no existe, Dana —repitió su hermana mayor—. Es sólo algo que tú te has inventado.

—¡¡¡No es verdad!!! —aulló Dana; y, sin poder seguir allí un minuto más, dio media vuelta y salió de la casa a todo correr. La puerta se cerró con estrépito tras ella.

Dentro del comedor nadie se movió, hasta que oyeron

abrirse la puerta del granero. La madre respiró, aliviada. Ahora sabía que Dana no había vuelto a escaparse.

Se volvió entonces hacia su hija mayor.

—La próxima vez deja que yo me ocupe de estas cosas, ¿de acuerdo? —le recriminó con dureza.

La muchacha no respondió, y el silencio volvió a adueñarse del comedor.

De pronto, ya nadie tenía ganas de cenar.

Dentro del granero todo estaba en calma. Tan sólo se oían unos sollozos apagados que provenían del piso superior.

Dana se había refugiado en su rincón favorito, en la parte alta, junto a un pequeño ventanuco que le mostraba un bello pedazo de cielo nocturno. La niña solía esconderse allí a menudo; incluso había dejado una manta para cuando se quedaba mucho rato.

Por el momento le iba a ser muy útil, porque tenía previsto pasar la noche allí. No tenía ganas de volver a entrar en la casa, ni de seguir viviendo entre aquellas personas que siempre habían sido su familia, pero que ahora le resultaban perfectos extraños. En sus oídos resonaban las bofetadas, los gritos de su madre, las acusaciones de sus hermanos.

¡Embustera! ¡Estás mintiendo! ¡Kai no existe, y tú hablas sola!

Ella no recordaba haber hablado sola, y por tanto aquella afirmación le parecía absurda; pero estaba demasiado aturdida como para analizar con frialdad aquella nueva información.

Tampoco oyó cómo Kai entraba en el granero, cerrando suavemente la puerta tras de sí. El chico, en cambio, sí oyó sus sollozos, y comenzó a subir la escalera hasta que su cabeza asomó por la trampilla.

Descubrió un bulto que temblaba en un rincón, y se acercó.

—Dana —llamó con ternura.

Los sollozos cesaron.

—Dana, soy yo.

—¡Déjame en paz! —la voz de la niña sonó extraña, ahogada por la manta que la cubría.

—Dana, tengo que hablar contigo.

—Vete. No existes.

Kai se estremeció y cerró los ojos con una expresión de dolor en el rostro, como si le hubiesen clavado un puñal en el corazón. Pero Dana, oculta bajo su manta, no lo vio.

—De eso justamente quería hablarte.

Hubo un breve silencio, y entonces la cabeza despeinada de Dana asomó por debajo de la manta. Estaba pálida, tenía los ojos enrojecidos y la nariz hinchada de tanto llorar.

—De eso quería hablarte —repitió Kai, sentándose a su lado—. Nadie puede verme. Sólo tú.

Su amiga lo miró, incrédula.

—¿Me estás tomando el pelo?

—Sabes que no.

Dana no respondió enseguida. No tenía sentido... pero, si Kai no decía la verdad, ¿cómo explicar que su familia no lo hubiese visto aún? ¿Cómo explicar que dijesen que hablaba sola, cuando ella nunca...?

—¿Y por qué? —quiso saber—. ¿Quién eres tú? ¿Qué quieres de mí?

—Soy tu amigo. ¿O no lo soy?

Dana sacudió la cabeza. ¿Cómo podía ser Kai tan ingenuo? ¿De veras creía que eso bastaba?

Él pareció adivinar sus pensamientos:

—Sólo tú puedes verme —insistió—. Pero yo seré tu amigo y estaré contigo siempre. Y esto es lo que hay.

—¿Esto es lo que hay? —repitió Dana, estupefacta—. ¿Y es suficiente?

—¿Qué más puedo decir? —también él parecía molesto—. Tendrás otros amigos visibles para todo el mundo. Pero cuando pasen muchos años reconocerás que no tuviste un amigo mejor que yo.

—¡Qué engreído! —soltó Dana, pasmada.

Kai calló durante un momento. Después dijo, suavemente:

—¿Prefieres que me vaya?

Dana lo miró a los ojos.

—Porque, si es lo que quieres, me iré —añadió el chico—. Desapareceré de tu vida y no volverás a tener problemas por mi culpa.

Dana no dijo nada. Sólo siguió mirándole, y se preguntó entonces qué haría sin él, sin su sonrisa, sin la mirada franca de aquellos chispeantes ojos verdes, sin la suavidad de su voz. Y tuvo que admitir que, tras la discusión con su familia, era Kai el único que le parecía cercano y real. Él era lo único que le quedaba.

Sintió el impulso de abrazarle, pero se contuvo. Sabía por experiencia que a él no le gustaba que lo tocasen.

Se preguntó entonces por qué, y una súbita sospecha atenazó su mente. Alzó la mano lentamente para acariciar la mejilla de su amigo. Él pareció dudar un momento, pero no se apartó.

Y la mano de Dana atravesó limpiamente el cuerpo de Kai, como si él no estuviese allí.

La niña sintió un terror irracional. Movió el brazo en un desesperado intento por tocar algo, pero la figura de Kai, aunque era perfectamente visible, parecía tan incorpórea como la niebla.

Dana gimió, y sus deseos de abrazar a Kai, de retenerlo a su lado, crecieron hasta hacerse insoportables. El niño entendió lo que le pasaba por dentro, y le dirigió una mirada apenada.

—Existo en un plano diferente al tuyo —le dijo—. Lo siento, no puedo hacer nada. Podemos estar eternamente juntos, y eternamente separados.

Dana gimió de nuevo. Ella era una simple campesina que no podía comprender aquellas sutilezas. Y sólo tenía ocho años.

Se acurrucó bajo su manta y le dio la espalda a Kai, mientras su mirada se perdía entre las estrellas que se veían a través del ventanuco. De pronto sintió algo tras ella, y no necesitó volverse para saber que Kai estaba echado a su lado. Incluso sintió el brazo de él rodeándole la cintura. No lo notaba como algo corpóreo, sino como una cosa parecida al roce de la brisa, a la calidez de un rayo de sol, a la frescura de un día de lluvia. Sin embargo, la reconfortó infinitamente. Suspiró, y se acurrucó junto a Kai. No podía tocarlo, pero podía sentirlo, y toda su alma respondía ante aquella presencia.

—No me dejes sola, Kai —suplicó en un susurro—. No me dejes nunca.

—Nunca —prometió el muchacho, y su voz sonó muy cerca del oído de Dana, en lo más hondo de su mente y en lo más profundo de su corazón.

II

EL HOMBRE DE LA TÚNICA GRIS

*L*AS ESTACIONES PASARON rápidamente, y la amistad entre Dana y Kai se fortaleció. El chico era alegre y optimista, y su compañía le hacía a Dana la vida menos monótona. Eran innumerables las travesuras que habían llevado a cabo juntos desde que se encontraron por primera vez.

Por primera vez...

Una tarde que volvían juntos del bosque, hablando y riendo como siempre, Dana evocó aquel primer encuentro, cuatro años atrás. Recordó la imagen del niño rubio y delgaducho sentado sobre la valla del corral, su mirada sincera y su sonrisa amistosa. Ahora, Kai era un guapo chico de diez años, pero seguía sonriendo igual.

Le vino a la memoria también aquella noche en que descubrió que Kai no era un niño normal.

El rostro se le ensombreció momentáneamente, y Dana sacudió la cabeza. Había decidido confiar en él. No le preocupaba lo que dijera la gente; Kai estaría siempre a su lado, Kai la quería de veras y nunca le haría daño.

De todas formas, y como no le gustaban los conflictos, había adoptado la medida de no hablar con nadie de Kai, fingir que había sido un capricho, y que ella sabía que no existía. Se reía con sus hermanos cuando éstos le recordaban sus conversaciones con aquel amigo suyo a quien nadie veía, pero, cuando estaba sola, volvía a reunirse con Kai y le contaba todo lo que pasaba. «Ellos no lo entienden», le decía, y con este pensamiento acallaba aquella vocecita interior suya que, machaconamente, le repetía: «¿Y no será que tú estás un poco chiflada?».

Desde luego era lo que pensaba todo el mundo, y Dana era plenamente consciente de ello. Pero le bastaba con mirar a Kai a los ojos para que se disipasen todas sus dudas. No concebía ya la vida sin su mejor amigo, y, cuando hacía balance, se daba cuenta de que valía la pena soportar las miradas burlonas de la gente con tal de conservarlo a su lado.

Él sabía muy bien el sacrificio que suponía para la niña mantener aquella amistad, y en su interior aplaudía la fortaleza de su amiga. A pesar de sus esfuerzos, Dana no podía evitar que de vez en cuando alguien la descubriera «hablando sola». Eso y su extraño comportamiento habían contribuido a darle una dura reputación en los alrededores.

A Dana no le preocupaba mucho, y menos en aquel momento, mientras volvía a casa junto a Kai, bañados ambos por la soberbia luz del atardecer otoñal. La niña cerró los ojos y dejó que la brisa le revolviera la melena negra.

Kai la miró con ternura. Dana pronto dejaría de ser una niña; el chico sabía muy bien que, pese a su aspecto despreocupado, su amiga estaba pasando por un momento difícil. Por un lado ansiaba tener un grupo de amigos «normales»; pero, por otro, no quería perder a aquel que ocupaba un lugar tan importante en su corazón.

Kai sabía que Dana buscaba preguntas a las respuestas que comenzaba a plantearle la vida; y sabía también que él iba a ser un apoyo fundamental para su amiga mientras ella encontraba su camino. Dana le necesitaba más que nunca.

Entonces el viento les trajo unas voces desde la lejanía. Dana se detuvo y forzó la vista para distinguir al grupo de personas que corría por la pradera. Eran niñas más o menos de su edad. Jugaban a pasarse entre ellas una pelota de trapo, y las capitaneaba Sara, la niña de la granja del norte.

Dana y Kai se aproximaron un poco más. En el rostro de ella había aparecido una expresión anhelante, y Kai sabía muy bien lo que eso significaba.

Sin embargo, Dana no se atrevió a acercarse mucho. Se detuvo a pocos metros del grupo, detrás de una valla que delimitaba las propiedades de su familia y los vecinos, y se quedó mirando cómo jugaban, deseando poder unirse a ellas.

El equipo de Sara tenía la pelota, y el otro grupo trataba de arrebatársela. Las niñas gritaban, saltaban y reían con los cabellos revueltos y las mejillas arreboladas.

Una de ellas reparó en la presencia de Dana junto a la valla, y se quedó mirándola. Las otras se dieron cuenta de lo que pasaba, y el juego se detuvo.

—¿Qué estás mirando? —le preguntó la niña a Dana, de mala manera.

Una expresión dura cruzó el rostro de ella y, sin responder, dio media vuelta para marcharse.

—¡Espera! —la detuvo Sara, y Dana se giró, esperanzada—. ¿Quieres jugar?

Las otras protestaron, pero Dana no les hizo caso. Se quedó mirando a Sara, preguntándose si le estaría tomando el pelo. Pero la niña parecía muy seria.

—Me gustaría mucho —respondió Dana, lentamente y con precaución.

Entonces Sara fingió dudar.

—El caso es que... —dijo—, no sé si sería buena idea. A lo peor le pasas la pelota a alguien que no existe —concluyó con una carcajada, y las otras se sumaron a las burlas.

Dana, humillada, iba a replicar; pero se calló, porque aún deseaba formar parte de aquel grupo.

—Es más fácil pasaros la pelota a alguna de vosotras —contestó, sonriente—. Si no, no tendría gracia el juego, ¿no te parece?

Sara pareció apreciar la elegante salida de la otra; pero el resto de las del grupo no fueron tan compasivas, y redoblaron sus risas.

—Vete a hablar con el diablo, ¡bruja! —la insultó una.

—¡Eso! ¡Márchate, bruja! —corearon las demás.

Dana lo intentó otra vez.

—No soy una bruja —dijo—. Soy como vosotras. Sólo me gusta pensar en voz alta, eso es todo.

—¡Entonces, piensas demasiado! —se burlaron ellas.

La niña que tenía la pelota de trapo se la lanzó a la cara con todas sus fuerzas. Dana recibió el impacto y recogió el juguete, aturdida. No le había hecho daño, pero el gesto de la niña había sido una clara muestra de desprecio.

Trató de ignorar aquel hecho y pensó que, ya que tenía la pelota, podría integrarse en el juego, así que se la lanzó a Sara. Pero ésta apartó las manos y no la recogió.

El trapo cayó sobre la hierba.

Dana se sintió herida y muy humillada, y se preguntó qué había hecho ella para que la tratasen así. Quiso dar media vuelta y marcharse, pero, antes de que pudiera hacerlo, una de las chicas cogió una piedra del suelo y se la arrojó.

Le dio a Dana en el brazo; era un guijarro pequeño y no la hirió, pero fue la señal que necesitaban las otras para lanzar una lluvia de piedras sobre su extraña vecina.

Dana se cubrió la cara con las manos y les dio la espalda. Deseaba echar a correr, pero no lo hizo: su orgullo se lo impedía. Se alejó lentamente, sintiendo los guijarros que golpeaban su cuerpo como agujas. No estaba triste, ni tenía ganas de llorar. Sólo sentía rabia.

—Nunca más —le aseguró a Kai, que caminaba a su lado—. Nunca más.

Él la miró. No sonreía.

Dana se metió en el granero y se sentó sobre su vieja manta.

—Dicen que soy una bruja —le dijo a Kai—. Ojalá lo fuera. Entonces podría vengarme de ellas; les haría cosas terribles y que se tragaran sus insultos.

Su amigo se estremeció. Se plantó frente a ella, la cogió por los hombros y la miró a los ojos.

—Nunca digas eso —le advirtió—. Ni lo pienses siquiera.

—¿Por qué?

Kai se encogió de hombros.

—Es peligroso. Además, no es culpa suya.

Dana se irguió rápidamente.

—¿Ah, no? ¿Y de quién es, entonces? ¿Mía, acaso?

Kai sacudió la cabeza.

—No lo sé. Tal vez mía. Tal vez de nadie.

Dana no respondió. En momentos como aquél, interiormente hacía a Kai responsable de su soledad.

—Compréndelas —añadió el niño—. Llevan jugando juntas desde que eran muy pequeñas, y tú nunca ibas con ellas. Apenas te conocen. Eres una extraña.

Dana consideró sus palabras mientras Kai gateaba sobre los tablones en busca de un lugar más cómodo para sentarse. La niña lo miraba por el rabillo del ojo. «Si eres una invención mía», se dijo, «¿cómo puedes moverte y actuar de una forma tan natural?». En el tiempo que llevaban juntos, Dana había aprendido a conocer al dedillo todos los gestos y expresiones de Kai, que no eran los suyos, ni los de ninguna persona que ella conociera. Kai era mucho más que una idea o una imagen incorpórea. Kai era un ser definido no sólo por su aspecto, sino por múltiples detalles que lo completaban como persona: el tono de su voz, el brillo de sus ojos, la forma que tenía de apartarse el pelo rubio de la frente, sus pasos tranquilos y decididos, sus movimientos ágiles y seguros, su manera de hablar, incluso su manera de sentarse. Hasta aquella noche dos años atrás («¡Embustera! ¡Kai no existe!»), Dana no había pensado ni por un instante que su amigo no fuese como ella.

Además, en sus conversaciones él solía aportar un punto de vista totalmente diferente al suyo. Externamente, Kai actuaba como un niño normal: inquieto, travieso, juguetón y siempre a punto para probar cosas nuevas e iniciar una aventura más. En cambio Dana era más reposada y serena, y le gustaba pensar y analizar las cosas antes de actuar.

Sin embargo, cuando tenía algún problema, ella solía reaccionar como la persona inmadura que todavía era, inexperta en las cosas de la vida y, sobre todo, en las relaciones con los demás. En aquellos momentos críticos en que todo parecía derrumbarse a su alrededor, Kai aportaba una tranquilidad y confianza propias de un adulto; le ayudaba a pensar y a aprender por sí misma las cosas que debería haber descubierto junto a los demás niños y niñas de su edad, pero que, debido a su vida solitaria, ignoraba todavía.

Por eso Dana había aprendido a escuchar a Kai y a valorar sus consejos, y aquella vez no tenía por qué ser diferente.

—Entonces... ¿tú crees que si me hubiera unido a ellas antes no me rechazarían ahora?

Kai se encogió de hombros de nuevo.

—Vivimos en una tierra difícil —dijo—. Aquí la gente lucha por sobrevivir día a día. Desde niños se unen en grupos; así se sienten más seguros. Por eso todo aquel que se queda fuera resulta extraño, diferente.

—Y ahora desconfían de mí —completó Dana en voz baja.

Kai la miró durante un largo rato, deseando poder hacer algo más por ella.

—Tarde o temprano encontrarás tu lugar en el mundo —la consoló—. No sufras por ello.

Dana alzó la cabeza para mirarle otra vez a los ojos.

—¿Tú crees que soy una bruja, Kai?

—Yo creo que tú eres Dana —respondió él sin dudar—. Y no me importa lo demás.

Dana suspiró y se acurrucó junto a él, deseando con toda su alma poder abrazarlo, y tocar algo más que aire cuando rozaba su imagen.

Kai adivinó lo que pensaba.

—Todo irá mejor a partir de ahora —le dijo, acariciándole el pelo con ternura—. Te lo prometo.

Sin embargo, por una vez el muchacho se equivocaba.

El cambio de estación trajo consigo un invierno especialmente duro y frío. Las nevadas y heladas acabaron con gran parte de las cosechas, y con gran número de animales en los bosques. Hambrientos y desesperados, los lobos bajaban de las montañas en jaurías enteras; la necesidad los hacía más audaces, y atacaban las granjas reduciendo cada vez más los recursos de las familias de campesinos.

Las cosas no se arreglaron con la llegada de la primavera. El frío dio paso, casi sin tregua, a un calor asfixiante y una sequía como no se recordaba en la comarca. Lo poco que había sobrevivido al invierno se echó a perder. Para una familia de doce miembros, como la de Dana, aquello era una catástrofe.

La niña pronto sintió en sus carnes la época de crisis. La comida era escasa, y sus padres y hermanos mayores tenían que trabajar muy duro para alimentarlos a todos. Dana adelgazó alarmantemente, pero no fue la única en la familia.

Las cosas se agravaron cuando empezó a faltar el agua, y se extendió rápidamente una epidemia transmitida, según parecía, por los mosquitos, que habían aumentado considerablemente en número en los últimos tiempos. La epidemia se llevó a una hermana mayor y a uno de los hermanos pequeños de Dana, y a su abuelo, que iba a cumplir setenta y cuatro años.

La niña se había vuelto más silenciosa con la tragedia. Trabajaba como una mula sin protestar, porque el ejercicio la ayudaba a no pensar. También hablaba bastante menos con Kai, pero seguían pasando todo el día juntos. Aquella especie de lazo que los unía incluso sin palabras parecía hacerse cada vez más fuerte, de modo que ya apenas necesitaban hablar para comprenderse.

Una mañana, Dana acudió al pozo a sacar agua. Se trataba de un pozo común a varias granjas pero, ante el azote de la sequía, el agua estaba rigurosamente racionada. A la familia de Dana, por ser ahora de nueve miembros, le tocaban tres cubos.

Llevaba sólo dos cubos vacíos sobre una carretilla baja, porque no le cabía un tercero, de modo que tendría que hacer dos viajes. Sin embargo, cuando echó uno de los cubos al fondo del pozo dudó que pudiera llenar los tres.

Subió la cuerda lentamente; éste era el trabajo más duro.

Cuando alcanzó el cubo con agua y alzó la vista, vio frente a sí a Kai, que la miraba con seriedad.

—El agua no durará mucho —dijo Dana entristecida.

Kai suspiró. Ella dejó el cubo lleno en la carretilla y lanzó el otro al pozo. Ambos oyeron cómo tocaba fondo, pero ninguno hizo el menor comentario. Kai se colocó detrás de su amiga y la ayudó a tirar de la cuerda.

Dana se había preguntado muchas veces cómo era posible que una persona a la que no se podía tocar, que era tan incorpóreo como el aire o como la niebla, pudiese hacer cosas tales como coger huevos o tirar de la cuerda de un pozo. Había observado atentamente a Kai en numerosas ocasiones, cuando él hacía aquellas cosas, y lo único que había podido detectar era que el chico parecía tener que concentrarse mucho para ello.

Mientras los dos subían el cubo con agua, Dana sacudió la cabeza. Sabía que era inútil preguntarle: nunca le respondería.

Con un último esfuerzo, Dana alzó el cubo hasta depositarlo sobre el borde del pozo. Entonces se secó el sudor de la frente con el dorso de la mano.

—Terrible, ¿eh? —comentó Kai, pero de pronto se puso tenso y dio media vuelta con brusquedad.

Dana sintió entonces una sombra tras ella, y se estremeció. Como Kai, se giró, intrigada.

Se trataba de un jinete que acababa de llegar por el camino. Montaba un hermoso caballo blanco que sudaba y resoplaba por culpa del calor.

—Disculpa —dijo el jinete amablemente.

Dana lo miró. Era un hombre viejo, de cabellos grises y lisos que le caían sobre los hombros como una cascada plateada. Sus ojos profundos e inquisitivos eran también de color gris, al igual que su túnica, ceñida por un cinturón de cuero del que pendían varios saquillos. No llevaba armas a la vista; no parecía un noble, pese a que montaba a caballo. Sin embargo, había algo en él que lo ponía por encima de los simples aldeanos. «Tal vez sea un sabio», pensó Dana, «aunque no lleva barba». Ella siempre había pensado que los sabios y los santos debían llevar barba.

—Siento interrumpir tu trabajo, muchacha —continuó el jinete amablemente—. ¿Podrías indicarme el camino a la ciudad?

Dana asintió.

—Seguid en esta dirección hasta la próxima encrucijada —respondió—. Después tomad el camino de la izquierda y llegaréis a la ciudad. Está sólo a una jornada de aquí.

—¿La encrucijada, dices? —repitió el jinete, y se alzó un poco para otear el sendero.

—Hacia allí —Dana levantó el brazo para señalarle el camino; el cubo que sostenía sobre el borde del pozo se tambaleó peligrosamente, y ella se apresuró a sujetarlo bien.

—Cuidado —dijo el jinete, y sonrió; multitud de arrugas se formaron en torno a su boca y sus ojos, haciendo que su rostro moreno pareciese aún de mayor edad—. No se debe malgastar el agua en tiempos de necesidad.

Dana enrojeció y colocó el cubo en un lugar más seguro. El jinete la observó un momento y después clavó la vista en un punto por detrás de ella. Súbitamente le cambió la expresión y dejó de sonreír. Sus ojos grises se estrecharon.

Dana siguió la dirección de su mirada, preguntándose qué habría visto, porque tras ella no había nada especial. De pronto le pareció comprenderlo, y se quedó helada.

Tras ella no había nada... salvo Kai.

Dana se volvió rápidamente hacia el viejo, pero éste ya había recobrado la expresión amable.

—Dios te guarde, niña —le dijo—. Y gracias. No sufras por el agua: esta noche lloverá.

Dana echó un vistazo dubitativo al cielo: ni una sola nube. Sin embargo, no dijo nada. Su mente estaba ocupada con la idea de que Kai podía ser visible para otra persona que no fuese ella, y aquel pensamiento la golpeaba una y otra vez con la fuerza de una maza.

El hombre sonrió de nuevo, espoleó a su caballo y se alejó sendero abajo. Dana se quedó parada; el corazón le latía alocadamente y sus ojos seguían al jinete de la túnica gris mientras se alejaba camino abajo. Los cascos de su caballo levantaban una fina nube de polvo que parecía dorado bajo el sol abrasador.

Cuando lo perdió de vista, Dana se volvió hacia Kai.

—Ese hombre te ha visto —le dijo, y su tono de voz mezclaba miedo, sorpresa, respeto y un poco de reproche—. ¿No se suponía que sólo yo podía verte?

—No podía verme —replicó él—. Seguramente no me miraba a mí.

Habló rotunda y enérgicamente, pero Dana vio un brillo de duda y temor en los ojos verdes de su amigo.

Todavía pálida, recogió sus cubos y emprendió el regreso a casa, arrastrando la carretilla con cuidado. Kai la ayudaba a tirar, aunque, como era cuesta abajo, no se hacía muy pesado. Ninguno de los dos dijo nada más mientras bajaban por el camino que había seguido el jinete de la túnica gris que se dirigía a la ciudad y que parecía haber visto a Kai.

Aquella tarde, Dana intentó hablar del tema con su amigo, pero Kai no parecía muy dispuesto a recordar la escena del pozo. Cuando por fin consiguió que él se enfrentase a ello, el niño quitó hierro al asunto y aseguró que seguramente se lo había imaginado.

Dana no replicó. Recordaba perfectamente la expresión del hombre, una mezcla de asombro y curiosidad, y recordaba también que Kai se había sobresaltado igual que ella. Le dio muchas vueltas al asunto, porque intuía que era importante. Si el viejo había visto a Kai... significaba que ella no estaba loca, y su amigo existía de verdad. La gente la creería por fin, de una vez por todas, si había alguien más que pudiese corroborar su historia.

Esto le dijo a Kai cuando el sol se ponía por el horizonte, pero el niño, con una expresión muy seria, impropia de él, la miró a los ojos y le aconsejó olvidar que lo habían visto.

—¿Por qué? —preguntó Dana, intrigada.

Kai fijó en ella una mirada pensativa. Dana siempre preguntaba *¿Por qué?*, y él muchas veces había deseado darle las respuestas que buscaba, pero sabía que todavía no había llegado el momento.

—Había algo extraño en él —dijo por fin.

Era una respuesta muy vaga, pero Dana pareció aceptarla, quizá porque ella también había sentido lo mismo.

—Además, casi seguro que no volveremos a verlo —añadió él, y, por segunda vez, Dana estuvo de acuerdo, y decidió no pensar más en ello.

Sin embargo, tuvo que recordar al jinete de la túnica gris mucho antes de lo que pensaba.

Porque aquella noche, tal y como él había predicho, llovió sobre la comarca.

III

L A   T O R R E

*A*QUEL CHAPARRÓN MEJORÓ un poco las cosas, pero los daños causados por la sequía eran irreparables. Las cosechas se habían agostado, los incendios habían mermado los bosques y muchos animales de granja habían muerto por el calor o habían tenido que ser sacrificados para que sobrevivieran las familias. La comarca pasó tiempos de necesidad, y Dana, pese a que la amistad incondicional de Kai le ayudaba a sobrellevar las penalidades, no paraba de preguntarse cuándo cambiarían las cosas, sin saber que su vida pronto iba a transformarse radicalmente.

Una tarde que volvía del campo notó algo anormal en la granja. Sus hermanos pequeños jugaban en el porche, pero no se veían adultos en las inmediaciones. Además la puerta de la casa estaba cerrada, lo cual resultaba extraño, pues debido al calor siempre la dejaban abierta.

Dana se encogió de hombros, pero Kai parecía inquieto. Los dos se dirigieron al establo en busca de algo de sombra, y una vez allí se formaron una idea más aproximada de lo que estaba pasando.

La sequía sólo les había dejado dos vacas y un caballo de tiro, pero aquella tarde había dos inquilinos más en el cobertizo: un caballo blanco y una joven yegua baya.

—¿Y esto? —murmuró Dana, muy extrañada, mientras Kai admiraba con un expresivo silbido la planta de los soberbios animales—. ¡No pueden ser nuestros! No tenemos dinero.

Se le ocurrió una idea y cruzó una mirada con Kai.

—Tenemos visita —murmuró éste, que había pensado lo mismo que ella.

Dana echó un vistazo al caballo blanco, preguntándose por qué le resultaba tan familiar. Entonces salió del establo y se dirigió al porche para interrogar a sus hermanos sobre lo que estaba pasando; pero ellos poco pudieron decirle al respecto.

Dana no se resignó. Estaba claro que los adultos mantenían en la casa una reunión con los visitantes; una reunión a la que ella no había sido invitada.

Pero tenía un presentimiento.

Rodeó la casa hasta la ventana que daba al comedor principal, que por suerte sí estaba abierta, y se acurrucó debajo para poder escuchar sin ser vista.

Le llegaron con claridad las voces de sus padres y, ocasionalmente, la de alguno de sus hermanos mayores, mezcladas con la de un desconocido que era, sin duda, el dueño de los caballos.

—Puedo asegurar que la cuidaré muy bien —decía el hombre—. Le proporcionaré comida, ropa, la seguridad de un hogar... y una enseñanza a la que nunca accedería de quedarse aquí.

Dana frunció el ceño. Estaba segura de haber oído antes aquella voz: serena, baja y bien modulada. Pero no terminaba de ubicarla.

—Comprendemos que es una gran oportunidad para ella —respondió entonces el padre, con cautela—. Pero son tiempos de necesidad, y una familia de campesinos no puede desprenderse de unos brazos que trabajan bien.

—Sería una boca menos que alimentar —replicó el hombre—. Y gustosamente pagaré lo que haga falta.

—El dinero no puede sustituir la pérdida de una hija —objetó la madre con aspereza.

Dana adivinó entonces que estaban negociando el matrimonio de alguna de sus hermanas mayores. «De modo que era eso», se dijo. Se volvió hacia Kai para decirle que no se trataba de nada grave; pero se calló al ver la expresión preocupada del rostro de su amigo.

Sus sospechas renacieron con más fuerza, y siguió escuchando.

—Sé que me la llevaría lejos —decía el extraño—, pero le ofrezco algo que no está al alcance de todos.

Hubo un tenso silencio. Entonces, el desconocido añadió:

—No se deben dejar pasar ofertas así en tiempos de necesidad.

Y entonces Dana se quedó clavada en el sitio, porque recordó, con total claridad, dónde había oído ella una frase parecida pronunciada por aquella misma voz: al lado de un pozo, hacía algunas semanas, cuando un viejo de túnica gris que montaba un caballo blanco se había detenido en el camino para preguntarle por dónde se iba a la ciudad.

Miró a Kai, pero él parecía ausente.

—Si viene conmigo, Dana no volverá a pasar hambre —concluyó el visitante.

¡Hablaban de ella! Dana se sintió desfallecer y se agarró con fuerza a la pared. ¡Sus padres estaban hablando de casarla con el hombre de la túnica gris!

Angustiada, buscó la mirada de Kai, y sus ojos azules se cruzaron con los de él.

—Todo saldrá bien —murmuró el muchacho, pero le temblaba la voz.

Dana inspiró profundamente. Era habitual que los padres de las jóvenes negociaran con los pretendientes el tema de su boda; pero solía tratarse de muchachos que ellas habían elegido previamente. Aunque a veces era cierto que las casaban a la fuerza, por motivos económicos.

Pero Dana tenía diez años, y jamás había imaginado que aquello podría pasarle a ella, y menos a una edad tan temprana, y con un hombre mayor a quien apenas conocía, por muy acaudalado que fuera. Por eso deseó que se la tragara la tierra cuando oyó la voz de su padre diciendo:

—Está bien, podéis llevárosla. ¿Partiríais esta misma noche?

—¡No! —exclamó Dana, y se separó de la ventana, con la cabeza dándole vueltas.

Los del comedor advirtieron entonces su presencia, pero la niña no quería enfrentarse a ellos. Echó a correr en dirección al granero, y poco después temblaba bajo su manta, muy consciente de que pronto irían a buscarla.

Sintió la presencia de Kai a su lado, y eso la reconfortó. Pensó que nada podía ser tan malo si él la acompañaba. Entonces recordó que, para su futuro marido, Kai no era ningún secreto, y sintió más miedo todavía.

—Escápate —le dijo el muchacho.

Dana estaba a punto de contestarle que eso era lo que estaba pensando, cuando se dio cuenta de que Kai no había dicho «Escapémonos», sino que había hablado en singular.

—¿No vendrías conmigo? —preguntó ella, más angustiada todavía.

—¿Lejos de la granja? —Kai sacudió la cabeza—. No puedo.

Dana lo miró, intrigada ante aquella negativa que le planteaba nuevos interrogantes sobre la identidad de su amigo, cuando oyó que se abría la puerta del granero.

—Demasiado tarde —murmuró Kai.

Dana se encogió en su rincón. Ya no había escapatoria. Mientras oía cómo el intruso subía por la escalera de madera, se aferró a la idea de que sus hermanos podrían comer con el dinero que había prometido aquel desconocido.

—¿Dana?

Era su madre. La niña se envolvió más aún bajo su manta, pese al calor que hacía. En aquel momento lo único que sentía era un puñal de hielo atravesándole el corazón.

—Dana, hija, estás aquí —murmuró la madre, aliviada.

Dana le dirigió una mirada de reproche.

—Es por tu bien —explicó su madre, que captó la mirada inmediatamente—. Con este señor no pasarás hambre, ni tendrás que matarte a trabajar. Además, te dará una educación que nosotros no podemos ofrecerte. Serás en la vida algo más que una simple granjera.

—Y a vosotros os dará mucho dinero por mí —añadió Dana, resentida.

La madre pareció apenada.

—¿Crees que te vendemos, eso crees? Muchas familias pagarían para que sus hijas tuvieran esta oportunidad. Tus hermanos envidian tu suerte, Dana. Ellos nunca verán más allá de esta granja, este pueblo, esta comarca tal vez. Es un regalo del cielo.

Dana titubeó. Sintió que su madre se acercaba a ella, y de pronto se encontró refugiada entre sus brazos.

—Niña... mi niña... —murmuró la mujer, conmovida—. Sé que aún eres muy pequeña para abandonar tu casa..., pero si dejamos pasar esta oportunidad, quizá no vuelva a presentarse nunca.

—No quiero marcharme, madre —confesó Dana—. Ese hombre no me gusta.

—No te hará daño, mi pequeña. Pero, aun así, escucha: si algún día no soportas tu nueva vida y ves que no eres feliz, no tienes por qué quedarte allí. Si vuelves a casa, te recibiremos con los brazos abiertos.

La granjera se separó un poco de su hija y le puso algo en la mano. Dana lo miró con curiosidad. Era un extraño amuleto de metal con forma de luna menguante, entre cuyos extremos había una estrella de seis puntas.

—Esto perteneció a mi madre, y a la madre de mi madre, y a la madre de la madre de mi madre. Te protegerá de todo mal, y te recordará que aquí en esta granja, yo siempre pensaré en ti. Cuídalo.

Dana se conmovió ante aquella muestra de cariño: su madre no solía prodigarlas. Se puso el colgante al cuello, sintiéndose especial: tenía tres hermanas más, pero aquel amuleto era suyo, porque su madre lo había querido así.

No recordaría gran cosa de lo que pasó después. Las despedidas, el empaquetado de sus cuatro cosas... todo sucedió como en un sueño.

Pero el reencuentro con la mirada penetrante de los ojos grises del visitante la despertó del todo.

—¿Estás lista, pequeña? —le preguntó él amablemente.

Dana dijo que sí, pasando el peso del cuerpo de una pierna a otra, una y otra vez. Tenía una idea muy vaga de lo que era el matrimonio y lo que implicaba, y, aunque le extrañaba que no celebrasen la boda con su familia, la excitación del inminente viaje empezaba a apoderarse de ella.

Parte de sus dudas se disiparon cuando, en el establo, el hombre de la túnica gris le dijo que la magnífica yegua baya era para ella.

Dana lo miró sin poder creérselo.

—Adelante —la invitó el visitante—. Es tuya. Acércate, háblale, conócela.

La niña se aproximó al animal, al principio titubeante; pero momentos después ya le acariciaba la sedosa piel, susurrándole cosas al oído.

—Le gusto —comentó.

El hombre sonrió, y Dana se sintió un poco más tranquila.

—Tienes que ponerle un nombre; sólo así será completamente tuya.

Dana no lo pensó mucho.

—Lunaestrella —dijo, aferrando bien el colgante que le había dado su madre.

El desconocido asintió, conforme.

Poco después salían del establo, guiando a los caballos. Dana vacilaba; había tratado antes con caballos, pero eran animales de granja, no criados exclusivamente para ser montados.

—No temas —dijo su compañero suavemente, adivinando sus pensamientos—. ¿Estás lista?

Dana iba a decir que sí, pero sintió que le faltaba algo.

Echó un vistazo a la granja y a su familia, que se había reunido para despedirla, y supo de pronto qué era lo que no iba bien.

«¡Kai!», pensó.

¿Dónde andaría? ¿Por qué no estaba con ella? ¡Desde luego, Dana no pensaba marcharse sin él!

—Un momento, por favor —suplicó al visitante, muy nerviosa—. He olvidado algo muy importante.

Corrió hasta el granero, y se asomó dentro.

—¿Kai? —llamó en voz baja.

No hubo respuesta. Dana, cada vez más nerviosa, lo buscó por todas partes, preguntándose qué iba a hacer si él no quería acompañarla.

—¡Kai! —gritó, ya sin importarle que la oyesen.

—Estoy aquí, Dana —dijo la voz de su amigo tras ella, muy cerca.

Dana se sobresaltó, pero casi se echó a llorar de alivio.

—Te vas —dijo él, entristecido.

—Nos vamos —corrigió ella—. No voy a dejarte aquí.

—Pero yo no puedo...

—No iré a ninguna parte sin ti —cortó ella, sacudiendo con energía sus trenzas negras.

Kai pareció conmovido.

—De verdad, me gustaría... —empezó, pero se interrumpió al oír un chirrido.

La puerta del granero se abrió, y apareció una figura alta vestida de gris.

Dana avanzó hacia ella.

—¿Ocurre algo? —quiso saber el visitante.

—Dana se retorcía las manos mirando al suelo.

—Es que yo no puedo... —comenzó, pero en los ojos del hombre apareció un brillo de comprensión.

Miró hacia donde estaba Kai —esta vez no había duda— y dijo:

—Tú puedes venir también.

El rostro del niño mostró una súbita expresión de alegría.

—Dale las gracias —le dijo a Dana y, como ella se quedó sin habla un momento, le dio un codazo.

—¡Gracias! —desembuchó la niña, casi sin darse cuenta.

No tuvo mucho tiempo para pensar en ello, porque poco después abandonaba la granja y a su familia, siguiendo al jinete de la túnica gris, tratando de mantener el equilibrio sobre su nueva yegua baya, con Kai montando tras ella.

Por el camino se cruzaron con Sara y su hermana, que volvían del pueblo. Dana se irguió todo lo que pudo sobre Lunaestrella y dirigió a su boquiabierta vecina una mirada arrogante.

Se sintió un poco mejor.

Pronto se puso el sol, pero ellos cabalgaron al paso gran parte de la noche, siempre hacia el este, hasta llegar al tercer pueblo; entonces pararon en una posada.

Dana era tímida por naturaleza y no se había atrevido a preguntarle nada a su acompañante. En la posada tuvo una habitación individual para ella sola, pero estaba demasiado cansada para apreciar el hecho, y demasiado confusa como para tratar de averiguar más cosas sobre su destino. Durmió de un tirón, muy cerquita de Kai. En realidad, nada importaba mientras él estuviese a su lado.

Al día siguiente continuaron la marcha, muy temprano, poco después de la salida del sol. Cuando estuvo algo más despejada, Dana se dio cuenta de que ni siquiera sabía el nombre de su guía y, tartamudeando y muy colorada, se lo preguntó.

El hombre sonrió por primera vez desde la tarde anterior.

—Llámame «Maestro» —dijo—. Es lo correcto.

A la niña le pareció un tanto extraño, pero no puso objeciones.

El viaje se prolongó durante varios días más. A Dana se le hizo eterno, porque su guía apenas hablaba, y ella nunca solía conversar con Kai en presencia de otras personas. Además, descansaban sólo lo imprescindible, y el sol los castigaba sin piedad desde el cielo.

Cuando el Maestro vio que Dana ya controlaba mejor a Lunaestrella cambió el ritmo de la marcha, y puso al trote a Medianoche, su caballo blanco. La yegua de Dana lo siguió de improviso, y la niña estuvo a punto de caer; se aferró con fuerza y trató de adaptarse al cambio. La reconfortó la risa alegre y cristalina de Kai detrás de ella, y se irguió en su montura. Al cabo de un rato, cuando logró dominar un poco el trote del animal, se sintió muy orgullosa, y encontró que cabalgar a mayor velocidad era muy agradable. Con Kai y montando a Lunaestrella, ni siquiera el sol parecía quemar tanto.

A la tercera semana les cerró el paso una inmensa cadena de montañas.

El Maestro rompió su habitual hermetismo para decir:

—La Torre se yergue en el Valle de los Lobos, en algún lugar de aquella cordillera.

—¡La Torre! —exclamó Dana—. ¿Es allí donde vamos?

El viejo Maestro asintió.

—Es mi hogar —dijo sencillamente.

—Un poco apartado —murmuró Kai al oído de Dana.

Ella asintió. Había tenido la misma idea. No preguntó más, pero estaba intrigada. En los sitios en donde habían parado, los aldeanos trataban al Maestro con respeto y algo de temor. Era evidente que aquel hombre tenía dinero, pero Dana alcanzaba a adivinar que había algo más que ella no llegaba a comprender.

Aquella noche durmieron en una posada junto al camino.

—La Torre —dijo ella, sentada junto a la ventana, en la penumbra de la habitación—. ¡Hay tantas cosas que quiero saber...! ¿Por qué puede verte el Maestro, Kai?

—No puede verme —murmuró la voz soñolienta de Kai.

Dana se volvió hacia él, desde la ventana.

—¿Pero es que me tienes por tonta? —le reprochó—. ¿Qué me estás ocultando?

Kai suspiró, y se incorporó del todo, con el pelo revuelto.

—Tengo algunas respuestas —explicó—, o al menos creo

tenerlas. Pero mis preguntas siguen siendo más que mis respuestas. No puedo decirte nada seguro todavía.

—Pero él te ve, ¿no es así?

Kai suspiró y se rascó la cabeza, pensativo.

—Creo que no —dijo por fin—. He hecho algunas com-
probaciones... y me parece que simplemente sabe que estoy
aquí, puede saber dónde estoy en cada momento. Pero no
puede verme, ni oírme.

—¡Qué extraño! —comentó ella—. ¿Y qué más cosas sabes?

—Nada más.

Dana resopló y le dio la espalda para asomarse a la ventana.

—Eres un mentiroso.

—Oye, no te enfades —oyó enseguida la voz de Kai en
su oído—. Seguro que sabremos muchas más cosas cuando
lleguemos a la Torre.

Dana se estremeció al oír aquel nombre.

—¿Tienes miedo? —murmuró Kai.

Ella asintió, y se apoyó en el marco de la ventana. La
mano de Kai buscó la suya; como de costumbre, no fue un
contacto material, pero a Dana no le importaba. De hecho,
en los últimos tiempos se había acostumbrado tanto a aquel
tipo de roce que hasta se le hacía extraño que la tocara una
persona de carne y hueso.

—Lo importante es que seguimos juntos —concluyó el
chico.

Dana asintió, y oprimió la mano incorpórea de Kai.

Sus dedos se cerraron en el vacío.

Tres días después alcanzaban la falda de la cordillera y se
internaban por un estrecho paso de montaña. El aire se hizo
más puro y fresco, y Dana agradeció el cambio, aunque los
enormes bloques de piedra que se cernían sobre el sendero la
impresionaban. Sin embargo Medianoche, el caballo blanco
del Maestro, parecía conocer el camino a la perfección, y avan-

zaba con seguridad por el paso. Lunaestrella simplemente lo seguía.

Aquella noche, y las dos siguientes, durmieron al raso. Dana se acurrucaba en un rincón, envuelta en su vieja manta, mientras el Maestro se quedaba sentado junto al fuego, contemplando las llamas inmóvil y con expresión pétrea. A la niña siempre la vencía el sueño antes de verlo dormir, y por la mañana siempre la despertaba él; por tanto, no sabía si el Maestro llegaba a dormir alguna vez.

No le preocupaba, en realidad. El viento nocturno que chocaba contra las rocas de la cordillera traía consigo los aullidos lejanos de los lobos, y Dana dormía mejor si sabía que su guía seguía despierto.

Al atardecer del cuarto día el paso se abrió para desembocar en un pequeño valle encerrado entre las montañas. A mano izquierda se distinguían las casas de un pueblecito. Al fondo, trepando un poco por la falda de la cordillera, se divisaba un enorme y espeso bosque, envuelto en jirones de niebla.

Habían llegado al Valle de los Lobos.

—¿Dónde está la Torre? —preguntó Dana, estirando el cuello para ver mejor—. ¿En el pueblo?

El Maestro negó con la cabeza y señaló un punto perdido en la niebla.

—Allí, junto al bosque —dijo.

—Pues sí que está apartado —comentó Kai.

Pasaron la noche en el pueblo. A Dana no se le pasó por alto que su acompañante no era desconocido por allí.

—¿Te has fijado, Kai? —le preguntó a su amigo por la noche, cuando estuvieron solos en la habitación de la posada—. La gente de este pueblo no confía en el Maestro. ¿Por qué será?

Kai se encogió de hombros.

—Si vive tan aislado lo tendrán por un excéntrico —opinó—. Pero, si mis sospechas son acertadas, no me extraña que desconfíen de él.

Dana le miró intrigada, pero él se puso un dedo sobre los labios con una sonrisa traviesa y un brillo burlón en los ojos. Ella sabía que no le iba a decir nada hasta llegar a la Torre, pero fingió enfadarse y le lanzó la almohada a la cara.

El objeto atravesó la imagen de Kai y se estrelló contra la pared.

El Maestro la despertó más tarde que de costumbre, cuando el sol estaba ya muy alto. No le dio explicaciones, pero Dana supuso que le había dejado descansar para recuperar fuerzas, que buena falta le hacía, después del largo y pesado viaje.

De modo que ensilló a Lunaestrella sin hacer preguntas, y siguió al jinete de la túnica gris mientras salían en silencio de la última aldea antes de llegar a su nuevo hogar.

Atravesaron el Valle de los Lobos sin novedad y, cuando las sombras del bosque se cernían sobre ellos, al girar un recodo, vieron por fin la esbelta silueta de la Torre recortándose contra las montañas. Era una alta construcción oscura y elegante, rematada por una larga aguja; su cúspide estaba cercada por una pequeña plataforma almenada que formaba un anillo a su alrededor.

Dana no pudo ver mucho más, porque la Torre parecía encerrada entre los árboles, pero le gustó, aunque le produjo una fuerte impresión.

—Es hermosa, ¿verdad? —dijo el Maestro, y Dana percibió una nota de emoción en su voz—. La construyeron así porque debía ser un vínculo entre lo celestial y lo terreno. Su aguja recoge la fuerza del firmamento, y sus cimientos están profundamente hundidos en la Madre Tierra. La Torre reúne belleza y poder.

La niña asintió, sobrecogida.

—Parece que haya llegado un gigante y la haya clavado allí, sin más —comentó, y se arrepintió enseguida de haber dicho algo tan tonto.

Pero el hombre no parecía estar escuchándola. Espoleó a Medianoche y siguieron su camino.

Atravesaron el bosque por un estrecho sendero; ahora habían perdido de vista la Torre, y la niebla se iba haciendo cada vez más densa según atardecía. El viento silbaba entre las ramas de los árboles y, cuando estaba ya a punto de ponerse el sol, los lobos de las montañas empezaron a aullar.

Dana tuvo miedo, y el Maestro lo notó.

—No te asustes, pequeña —dijo—. Los lobos no pueden hacernos daño aún, no hasta que caiga la noche.

Esto no reconfortó a la niña, que se echó hacia atrás en su montura para sentir el contacto intangible de Kai; el chico la rodeó con sus brazos, y Dana se lo agradeció con una sonrisa.

Cuando el sol se ponía en el horizonte, el bosque se abrió, y la Torre se mostró ante ellos en toda su grandeza, al fondo de una explanada, rodeada por una verja negra. La construcción parecía mucho más alta de lo que Dana había calculado.

—Mi hogar —murmuró el Maestro.

—Mira allí —indicó Kai, señalando la cúspide.

Dana siguió la dirección de su brazo y vio una alta figura erguida entre las almenas de la Torre, iluminada por los últimos rayos del atardecer, con una larga capa ondeando tras ella. Parecía un vigía, pero estaba demasiado lejos como para saber si era hombre o mujer.

—Nos esperan —dijo el Maestro, sonriendo, al advertir la mirada de Dana.

Espoleó de nuevo a su caballo. Medianoche, al verse por fin en casa, no se lo pensó dos veces, y rompió a galopar hacia el fondo de la explanada. Lunaestrella, para no ser menos, lo siguió.

Dana gritó, y se aferró como pudo a las riendas. Nunca antes había galopado.

Sin embargo, le gustó la sensación. Era como volar sobre la hierba, con el viento azotándole el rostro y su melena negra flotando tras ella, sintiendo en las piernas el elegante movimiento de los músculos de su yegua baya.

Cuando Lunaestrella se detuvo frente a la verja junto al

caballo blanco, Dana se apresuró a colocarse bien sobre la silla. Estaba pálida, pero sonreía.

Centró entonces su atención en el Maestro, que, erguido sobre Medianoche, con un brazo en alto, pronunciaba unas extrañas palabras de cara a la puerta del enrejado.

Hubo un breve destello en la punta de los dedos del hombre de la túnica gris. Se oyó un chirrido, y la verja empezó a abrirse.

Dana se sobresaltó, y lanzó una exclamación de sorpresa. Oscurecía por momentos, pero su visión era todavía buena, y podía apreciar perfectamente que nadie había abierto la puerta.

El Maestro sonrió una vez más y se volvió hacia ella.

—Pasa —la invitó.

Recelosa, Dana espoleó a Lunaestrella que, sin embargo, atravesó la puerta sin miedo.

Una pequeña senda que cruzaba un jardín laberíntico y umbrío llevaba directamente a la puerta de la Torre. Dana alzó la mirada, pero la figura de las almenas había desaparecido.

—Bienvenida a la Torre —dijo a sus espaldas la voz del Maestro—, una de las pocas Escuelas de Alta Hechicería que quedan hoy en el mundo. Puedes considerarte afortunada por haber sido admitida en ella como aprendiza. Muchos matarían por semejante honor.

Dana se estremeció.

—Lo que suponía —oyó murmurar a Kai.

Alta Hechicería... Aprendiza... La Torre...

«Entonces, ¿no tengo que casarme con el Maestro?», se preguntó. Evocó una vez más la conversación que había escuchado en la granja y comprendió que no se había hablado de matrimonio; aquél era un concepto que ella había dado por sentado. Se sintió mucho mejor, y oprimió con fuerza el colgante que le había regalado su madre.

—Adelante —la apremió el Maestro, y Dana reaccionó.

Mientras avanzaba hacia la Torre montada en Lunaestrella, Dana trataba de asimilar su sorprendente cambio de fortuna. Tenía poderes especiales y por eso había sido solicitada por el Maestro de la Torre del Valle de los Lobos, que le iba a enseñar a utilizarlos. Probablemente esos poderes estaban relacionados con Kai.

Se le ocurrió de pronto que allí podría averiguar más cosas sobre su querido amigo, y descubrir la forma de que él fuera una persona como los demás.

Casi al mismo tiempo rebotó en su mente un recuerdo que ahora parecía muy lejano: la voz de aquellas niñas gritando: «¡Márchate, bruja!».

Dana no disimuló una amplia sonrisa. «Sí, soy una bruja», se dijo. «O, por lo menos, lo seré muy pronto».

El Maestro repetía el hechizo frente a la sólida puerta de roble de la Torre. Cuando ésta se abrió de par en par, Dana, ilusionada ante aquella nueva perspectiva, rozó la mano de Kai. El muchacho debía de sentirse tan excitado como ella, porque el contacto le pareció a Dana casi real.

IV

P R I M E R A S   L E C C I O N E S

*N*O HABÍA GALLO que cantara al quebrar el alba, pero Dana estaba acostumbrada a levantarse muy temprano, y se despertó sin necesidad de que nadie la llamase. Al principio se sintió desorientada, hasta que recordó de golpe dónde estaba. Saltó de la cama y se apresuró a correr hacia la ventana para mirar el paisaje.

El sol comenzaba a asomar tímidamente tras la cordillera, y a disipar las nieblas fantasmales que envolvían el bosque. A lo lejos, el pueblo parecía desperezarse bajo los primeros rayos de la aurora.

Dana suspiró satisfecha. La vista desde allí era magnífica.

Se volvió entonces a mirar su habitación, cosa que apenas había hecho la noche anterior. No era un cuarto muy grande y estaba amueblado con gran sobriedad. Sin embargo, era más de lo que había tenido Dana en la granja.

Detectó entonces dos cosas nuevas que no estaban la noche anterior: sobre la mesa se hallaba una bandeja con un apetitoso desayuno, y, colgado del respaldo de la silla, había un montón de ropa de color blanco. Se acercó con curiosidad.

Eran dos túnicas, y bajo ellas había también una cálida capa de color gris. Del respaldo de la silla pendía un cinto de cuero.

—¡Mi nuevo uniforme! —exclamó ella, y se volvió hacia todos lados para enseñárselo a Kai.

Pero él no estaba allí. Dana se encogió de hombros; sabía por experiencia lo curioso y aventurero que era su amigo, e

Lizzy   VS   Eusebio

Casa 1   0 Fuer

fuera 1 *   2 Casa

2 ⟨√⟩   2

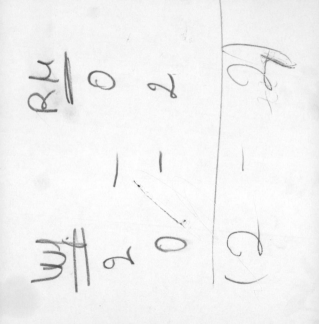

imaginaba que se había ido a explorar la Torre por su cuenta. Sin embargo, no le gustaba la idea de quedarse sola en aquel lugar y, además, tampoco estaba muy segura de lo que debía hacer a continuación.

Por lo pronto, decidió cambiar su gastado vestido por una de las túnicas, y descubrió que le estaba como hecha a medida. Como no hacía frío, dejó la capa en la silla. Después notó que estaba muerta de hambre, y fue rápidamente a devorar el contenido de la bandeja.

Mientras comía, se preguntó cómo era posible que alguien hubiese entrado en su cuarto sin que ella se diera cuenta. Tenía el sueño muy ligero, pero ni siquiera se había enterado de que le habían dejado el desayuno sobre la mesa mientras dormía. Esa persona debía de ser sigilosa como una sombra.

Sacudió la cabeza. Recordaba perfectamente cómo la noche anterior la verja se había abierto sola, y supuso que en una Escuela de Alta Hechicería sucederían a menudo cosas que no tenían explicación, y que pronto se acostumbraría a ello.

Se hizo la cama, se lavó en la palangana y entonces meditó qué debía hacer a continuación. Si Kai hubiera estado con ella, se lo habría preguntado. Pero Kai no estaba, y ahora Dana se encontraba indecisa. ¿Llegaría alguien para decirle lo que tenía que hacer? ¿O debía salir a buscar al Maestro? ¿Y si a él no le parecía bien que anduviese curioseando por la Torre? Había oído decir alguna vez que los magos eran muy quisquillosos.

Dudó sólo un momento. Se sentía insegura y tenía miedo, pero no estaba acostumbrada a estar sentada y cruzada de brazos sin hacer nada. «Está bien», se dijo. «No puedo quedarme aquí todo el día». De modo que abrió la puerta y se asomó al pasillo.

No vio a nadie. Escuchó atentamente, pero tampoco oyó ningún sonido. Salió con cautela, cerró la puerta tras de sí y echó a andar pasillo abajo, sin saber muy bien lo que buscaba.

Pronto se sintió perdida. La Torre era por dentro como

un laberinto de habitaciones, escaleras y corredores entrelazados. En algunas estancias las paredes estaban desnudas y sólo se veía la fría piedra gris; otras estaban recubiertas de cálidos y ricos tapices y alfombras. Unas habitaciones estaban amuebladas con orden y elegancia; otras, completamente vacías. Y otras parecían enormes desvanes o cuartos trasteros en los que se amontonaban objetos extraños cubiertos de polvo, de todas las formas, colores y tamaños imaginables; en la mayoría de los casos Dana no sabía para qué servían. En muchas habitaciones había camas preparadas, pero Dana no vio un alma en ninguna parte.

Pronto descubrió la enorme escalera de caracol que vertebraba la Torre y recorría su centro de arriba abajo, y enseguida empezó a entender la disposición de las habitaciones, que se repetía en cada piso. Se dio cuenta entonces de que no era tan laberíntica como le había parecido en un principio.

Pero lo que más la intrigaba y preocupaba era el hecho de no ver a nadie. ¿Acaso estaba sola en la Torre? ¿No había más alumnos como ella? Y, si era así, ¿dónde estaban?

Entonces recordó algo, muy vagamente. La noche anterior se había cruzado con un individuo muy alto en la escalera. Iba envuelto en una capa y llevaba el rostro semioculto por la capucha, pero, aunque sólo lo había visto fugazmente, Dana había percibido algo en él que le había llamado la atención. ¿Qué era? Dana se encogió de hombros, derrotada. No conseguía recordarlo. Había estado demasiado adormecida como para prestar atención.

Siguió recorriendo habitaciones y subiendo escaleras, arriba y abajo, sorprendiéndose de lo enorme que era la Torre, y lo vacía que parecía estar. Era una sensación extraña para ella, y se preguntó por enésima vez, ya bastante angustiada, dónde se habría metido todo el mundo... y en especial Kai.

Siguió deambulando sin rumbo hasta que tropezó con una enorme puerta cerrada, con un letrero al costado. Dana no se preocupó por él, ya que no sabía leer; en cambio miró la puerta con curiosidad. Su intuición le decía que allí detrás había algo importante.

Probó a entrar, pese a que suponía que estaría cerrado: los magos guardan bien sus secretos. Sin embargo la puerta se abrió con suavidad, y Dana se coló dentro.

Cerró la puerta tras de sí y miró a su alrededor. Casi dejó escapar una exclamación de asombro.

Se hallaba en una sala muy grande, que casi ocupaba media planta de la Torre; estaba toda llena de altos estantes repletos de libros, pergaminos y papeles que se amontonaban en ellos en un alegre y despreocupado desorden. Dana no vio a nadie al principio, así que se puso a explorar la habitación, perdiéndose por el laberinto de las librerías.

Dana nunca había visto tantos libros juntos. «Seguro que cuentan cosas muy interesantes», se dijo, y lamentó no poder leerlos. Siempre había opinado que la lectura debía de ser algo fascinante, aunque su familia, como la mayor parte de los campesinos analfabetos de su comarca, desconfiase de la letra escrita.

Maravillada, siguió dando vueltas y más vueltas, hasta que descubrió que aquella sala tenía un centro, ocupado por una enorme mesa ovalada de nogal, en torno a la cual había varias sillas. Rodeó la mesa, no encontró nada especialmente interesante en ella y volvió a internarse entre las librerías.

Torció una esquina, entró en un pasillo... y casi tropezó con alguien que había allí.

—¡Lo siento! —se excusó ella, asustada de repente mientras le pasaba por la imaginación todo lo que podría hacerle un mago enfadado.

El otro murmuró suavemente en voz baja algo en un idioma que Dana no entendió. Pero no parecía una maldición, ni nada por el estilo; daba la sensación de que el mago estaba más bien un poco contrariado porque le hubiesen interrumpido.

Dana estaba pensando si reiterar sus excusas o salir corriendo cuando el individuo se irguió en toda su estatura de más de dos metros y la miró a los ojos. Entonces ella se quedó clavada en el sitio, de puro asombro.

Era una criatura de una belleza salvaje y juvenil, de facciones finas y delicadas y unos enormes ojos rasgados, semejantes a los de un gato, de color entre pardo y dorado, que brillaban como topacios y parecían traslúcidos como el cristal coloreado. Pese a que estaban parcialmente tapadas por unos mechones de cabello muy fino color cobrizo, Dana pudo ver que sus orejas eran alargadas y acababan en punta. Una larga túnica violeta cubría su cuerpo delgado y esbelto.

La niña no dijo nada al principio, hasta que se dio cuenta de que estaba mirando fijamente a aquel ser, y bajó los ojos, confusa y con las mejillas como la grana.

El desconocido ladeó la cabeza y la miró con curiosidad.

—Nunca antes habías visto un elfo, ¿verdad? —le preguntó suavemente; tenía un acento agradable y musical, aunque su tono de voz era algo frío y distante.

—No —dijo Dana en voz baja—. Lo siento.

—No lo sientas —dijo el elfo—. Siempre hay una primera vez para todo —había vuelto a centrarse en el manuscrito que leía, y sus dedos, largos y finos, recorrían ágilmente las páginas—. ¿Buscabas algo en especial?

—Buscaba a alguien. Sea quien sea. Estoy un poco perdida, ¿sabes? Llegué anoche.

—Lo sé. Te vi en la escalera, pero quizá no lo recuerdes.

—Un poco sólo.

El elfo no respondió, y Dana pensó que debía marcharse y dejar de molestarlo. Pero, ¿marcharse adónde?

—¿Dónde está el Maestro? —preguntó.

El elfo esbozó una media sonrisa, pero no apartó sus extraños ojos cristalinos del manuscrito.

—En sus aposentos. En la parte alta de la Torre, encima de las almenas.

Dana iba a dar media vuelta, pero el elfo añadió:

—Te lo digo para que sepas que nunca debes subir allí.

Es un consejo. No le gusta que nadie vaya por sus dominios. Ni siquiera yo puedo hacerlo.

Dana lo miró con curiosidad.

—¿Eres aprendiz como yo?

El elfo alzó la cabeza y la miró, ahora sí, con fijeza.

—Soy aprendiz, pero no como tú. Yo llevo muchos años estudiando, y ya hace tiempo que acabé el Libro del Agua. En cambio tú acabas de llegar.

Dana enrojeció de nuevo.

—Lo... lo siento —balbució—. Yo...

—No importa —suspiró él, y volvió a centrar su atención en el pergamino.

—Entonces, ¿qué debo hacer? ¿Dónde están los otros?

—¿Qué otros? —preguntó el elfo suavemente.

—Los otros aprendices.

El elfo sonrió de nuevo.

—Aquí sólo estamos tú y yo. Es una escuela muy selecta.

Dana se quedó de piedra.

—¡Pero...! Y todas esas habitaciones... ¿están realmente vacías?

—Son malos tiempos para la magia —se limitó a responder el aprendiz.

Dana trataba de asimilar aquella información. El elfo la miró de nuevo, esta vez con una chispa de amabilidad en sus ojos ambarinos.

—Me llamo Fenris —dijo—. Bueno, en realidad me llamo de otra forma, pero mi nombre élfico te sería muy difícil de pronunciar, así que llámame Fenris solamente; es como una abreviatura.

—Encantada. Yo soy Dana.

El elfo asintió de nuevo y volvió a sus papeles.

—El Maestro te llamará cuando quiera darte la primera lección —dijo.

—¿No vamos a estar juntos tú y yo?

Fenris negó con la cabeza.

—Necesitas empezar desde el principio, y yo te llevo mucha ventaja. Pero no te preocupes; los humanos aprendéis muy rápido.

A Dana no se le ocurrió nada más que decir, así que se despidió del elfo y salió de la biblioteca.

Buscó entonces el camino de vuelta a su habitación. Cuando lo encontró, vio que Kai ya había llegado. Excitados, los dos amigos se contaron mutuamente sus descubrimientos. Kai ya era capaz de dibujar un plano de la Torre.

—¿Has subido a la parte alta? —le preguntó Dana de pronto.

La expresión de Kai se tornó sombría.

—No me he atrevido a ir más allá de las almenas —dijo—. No me gusta ese sitio: tiene mucho poder. Quien controla esas habitaciones, controla la Torre entera.

—Es donde vive el Maestro.

Kai asintió.

—Ya lo imaginaba —dijo—. Es un hombre muy poderoso.

Dana y Kai se quedaron en la habitación toda la mañana. A mediodía, Dana sintió hambre; estaba a punto de salir de nuevo en busca del elfo cuando, de pronto, la puerta se abrió para dar paso a una bandeja llena de comida.

Dana lanzó una exclamación, porque no veía a nadie tras la bandeja; pero al mirar mejor vio que la sostenía alguien de muy baja estatura. Su cabeza quedaba oculta por la jarra de agua, pero se le oía jadear y resoplar por el esfuerzo.

—¡Ya está! —exclamó dejando la bandeja sobre la mesa, con muy poca delicadeza—. ¡Cada día me cuesta más subir esas condenadas escaleras! ¡Algún día me mataré!

Dana parpadeó y volvió a mirar. Se trataba de una mujercita robusta y rechoncha, que no mediría mucho más de un metro de estatura. Al andar se balanceaba de un lado para otro, y sus recias botas crujían contra el suelo de piedra.

—Es una enana —susurró Kai—. No la mires así, es de mala educación.

Dana había oído hablar de los enanos en los cuentos que

le contaban su madre y sus hermanas mayores cuando ella era muy niña. Las leyendas decían que al norte, muy al norte, había una enorme cadena de montañas cuyas cumbres llegaban al cielo; y que en las entrañas de aquella cordillera los enanos vivían en los túneles que excavaban en la roca. Eran una raza muy baja, pero fuerte y fiera, y muy habilidosa en forjar armas y herramientas con los metales que ellos mismos extraían de la montaña.

¿Qué hacía una enana tan al sur? Dana no lo sabía, pero tampoco imaginaba qué podría hacer un elfo tan al oeste, y tan lejos de las mágicas tierras élficas que, según se decía, se extendían al otro lado del mar.

Dana carraspeó y volvió la mirada a otra parte. La enana era tan diferente del elfo que acababa de conocer que se preguntó si todo aquello no era simplemente un sueño.

—Hoy te he subido la comida... ¡dos veces! —dijo la enana, señalando a Dana con un dedo regordete—. Pero eso se ha acabado. No creas que por ser una muchachita vas a tener más derechos que nadie. ¡Aquí, como en todas partes, las mujeres trabajamos igual que los hombres! ¿Me has entendido?

—Sí, señora —respondió Dana dócilmente.

La enana la miró, perpleja.

—Vaya, no pareces una niña malcriada. ¿De dónde has salido?

—De la granja.

La enana resopló y sacudió la cabeza.

—¡Y ahora, una niña granjera! ¿Qué andará tramando ese viejo chivo?

Dana abrió la boca, pasmada ante la osadía de la mujercita, pero no dijo nada.

—Está bien, escúchame —concluyó ella—. Me llamo Maritta. Si alguna vez me necesitas para algo que no sea recitar galimatías y conjurar rayos y truenos, búscame abajo del todo: en las cocinas. ¿De acuerdo?

Dana asintió, aún incapaz de hablar. Maritta la estudió de arriba abajo, con los brazos en jarras y el ceño fruncido, y finalmente pareció conforme, porque dio media vuelta para marcharse.

—¡Ah! —le dijo desde la puerta—. Cuando tengas hambre, baja tú, que eres joven, y no me hagas subir a mí. ¡Una ya no tiene veinte años!

Dana le prometió que así lo haría, y la enana salió de la habitación dando un portazo. La niña y Kai la oyeron bajar la escalera resoplando.

—Tiene un genio vivo —comentó Dana—. Con el ruido que hace, no comprendo por qué no la he oído esta mañana, cuando ha entrado para traerme el desayuno.

Comió sin prisas y después cogió la bandeja vacía y se aventuró fuera de la habitación para ir en busca de la cocina. Ahora que ya comprendía un poco mejor la estructura de la Torre, no le costó encontrarla: era un amplio espacio en la planta baja, que comunicaba con un patio trasero. Maritta estaba limpiando la pila de fregar.

—He venido a traerte esto —le dijo Dana, y Maritta le señaló una mesa, sin una palabra y sin dejar de trabajar.

Dana miró a su alrededor. La cocina era grande, pero no había allí nadie más que la enana.

—¿Trabajas tú sola aquí? —preguntó.

Maritta se detuvo para mirarla.

—No es mucho el trabajo que tengo —respondió—. Hasta ahora sólo tenía que alimentar a dos magos locos y a dos caballos. Ahora sois tres y tres. ¿Y qué? No se necesita más gente aquí abajo: estorbarían. Además, el Maestro es viejo y apenas come; y ese elfo tan delgado se llena enseguida. ¡Espero que tú tengas buen apetito, niña, o mis dotes de cocinera seguirán sin salir a la luz!

Dana se rió, pensando que la enana era simpática a pesar de lo mucho que gruñía.

—¿Y quién trae la comida del pueblo? —preguntó.

—¿Del pueblo? —Maritta se encogió de hombros—. ¡Chiquilla, esto es la Torre! Aquí la despensa nunca se vacía. Ya te acostumbrarás. Hasta yo he terminado por habituarme... y eso es difícil: los enanos no confiamos en la magia.

Dana se despidió finalmente de ella y, después de explorar un poco más los alrededores, volvió a subir a su cuarto, donde encontró una nueva sorpresa: allí la esperaba el Maestro, el Amo de la Torre.

—Buenas tardes, Dana.

—Buenas tardes —respondió ella.

El mago estaba de pie junto a la ventana; le señaló a Dana la silla, y ella se sentó, obediente. Entonces descubrió que había un libro sobre la mesa. No podía descifrar lo que decían las letras doradas que había sobre la tapa, pero vio que bajo ellas había grabada en el cuero la figura de un árbol.

Hubo un breve silencio mientras el hechicero paseaba por la habitación.

—El aprendizaje de la magia es un proceso muy largo —comenzó por fin el Maestro—. Debes saber que hay grados y grados, y la túnica blanca que tú llevas simboliza sólo el más elemental, el de aquel que llega sin saber nada. ¿Sabes qué es lo que te he dejado encima de la mesa?

—Un libro —dijo Dana.

—Es un libro —concedió el Maestro—, pero no un libro cualquiera. Es el Libro de la Tierra. En él aprenderás el nivel básico de la magia, el que enseña al hechicero a descifrar el lenguaje del mundo. Cuando controles todos los ejercicios de este volumen ya serás capaz de hacer muchas cosas, desde hacer crecer una semilla sobre la palma de tu mano hasta provocar un terremoto. Entonces podrás examinarte y cambiar tu túnica blanca por una verde, que te acreditará como aprendiza de segundo grado. Pero antes que nada debes aprender otra cosa. ¿Adivinas qué es?

—¿Aprender a leer? —aventuró Dana.

Pero el Maestro hizo un gesto de impaciencia.

—Por descontado —dijo—. Pero eso lo superarás enseguida. Después, además, tendrás que aprender el lenguaje arcano, el lenguaje de la magia, en el que se escriben los hechizos. Pero no me refería a eso.

Hizo una pausa y siguió paseando arriba y abajo.

—No, se trata de otra cosa —prosiguió—: tendrás que abrir tus sentidos a la magia.

Dana iba a preguntar qué significaba aquello cuando el Amo de la Torre se acercó a ella y colocó una huesuda mano sobre su hombro. Y de pronto todo empezó a girar, y Dana gritó y cerró los ojos, y se aferró bien a la silla, mientras sentía que un poderoso torbellino le quitaba la respiración. Cuando la sensación de mareo se hizo insoportable, todo paró de pronto.

Dana abrió los ojos con cautela y miró alrededor.

Ya no estaba sentada en su habitación de la Torre, sino sobre la hierba, rodeada de árboles. Al principio creyó que había vuelto atrás en el tiempo y se hallaba en el bosque que había junto a su granja, antes de que la sequía lo golpease; o que todo había sido un sueño y nada de aquello había pasado, porque el hombre de la túnica gris nunca se había cruzado en su camino.

Pero entonces comprendió que, en realidad, no había ido muy lejos, y que estaba en algún lugar del gran bosque que rodeaba la Torre. Y vio entonces que el Maestro se erguía junto a ella, sonriente.

—Te acostumbrarás —dijo él al ver que la niña seguía estando muy pálida.

—¿Qué hacemos aquí?

El mago no contestó enseguida. Señaló a su alrededor con un amplio gesto de su mano.

—Mira todo esto —dijo—. El mundo funciona siguiendo un complejo equilibrio; todas las criaturas vivas luchan por la supervivencia, por crecer más altas, más fuertes, más grandes que ninguna otra, por dominar más territorio, por tener más descendientes y vivir más años. Todo ello requiere energía, por supuesto. Y la energía, o lo que nosotros llamamos magia, circula por el mundo en un ciclo sin fin, sin detenerse jamás. Es el alma de la tierra, y todas las criaturas participan de ella.

»Fíjate en un conejo, por ejemplo. Come hierba, y ello no sólo le proporciona alimento, sino también energía para sobrevivir. Es la misma energía que las plantas que come han tomado de la tierra; la misma energía que obtendrá el lobo que se coma al conejo. ¿Comprendes?

Dana dijo que sí, aunque sólo lo captaba en términos generales.

—La vida es una lucha constante por participar de esa energía del mundo; y obtener más supone privar a otras criaturas de la parte que les corresponde. Mira allí.

El Maestro señaló frente a sí. Dana al principio no vio más que el tronco de un enorme árbol. Levantó la vista y tuvo que echar la cabeza atrás para poder distinguir la copa de aquel gigante vegetal.

—El rey del bosque —murmuró el Maestro—. Pero, ¿a costa de qué?

Y entonces Dana descubrió lo que quería decir: a su alrededor no crecían más árboles, y muchas plantas habían muerto, porque la inmensa copa del árbol no dejaba pasar los rayos del sol.

—Pero siempre hay alguien que saca provecho de la situación —concluyó el Maestro, señalando al pie del rey del bosque.

Y Dana vio que, aprovechando aquel lugar húmedo y oscuro, gran cantidad de helechos había crecido a la sombra del gigante.

—Quizá algún día todas estas plantas acaben ahogando las raíces del árbol, y lo hagan caer —murmuró el mago—. Así son las cosas. Así funciona el mundo.

Dana asintió, aunque no comprendía muy bien adónde quería llegar a parar el Maestro.

—La vida es el único fin de toda criatura. Y toda criatura hará lo posible por prolongarla, la suya y la de sus hijos. Una vez comprendas esto, comprenderás el mundo y te será más fácil controlarlo.

Echó a andar entre los árboles; Dana le siguió, y Kai con ella.

—La magia no es más que eso: la comprensión y control de la energía que mueve el mundo. El hechicero sabe en todo momento cómo fluye esa energía y la aprovecha para sí, para cambiar el mundo a su antojo. Cuanto más contrarios sean sus deseos a las leyes naturales, más energía necesitará.

Se detuvo bruscamente.

—Ha llegado el momento de ver cómo has asimilado mis enseñanzas, querida alumna —dijo, y señaló un pequeño arbolillo que crecía algo apartado—. Dime, ¿qué siente ese árbol?

—¿Sentir? —Dana se volvió hacia él, extrañada, pero la mirada de los ojos grises del Maestro era severa y no admitía réplica.

La niña se acercó al árbol, dudosa. Titubeó y volvió a mirar al Maestro, pero bajó enseguida la vista, intimidada por su expresión pétrea. Suspiró, miró al arbolillo con ojo crítico y descubrió que sus hojas habían perdido verdor. De hecho, parecía algo triste.

¿Qué le pasaría? Dana no lo sabía. No entendía de árboles o, al menos, no a ese nivel. No era guardabosques ni nada por el estilo. Sacudió la cabeza. ¿Qué esperaba el Maestro que hiciera? Se esforzó en repasar todo lo que le había contado sobre la energía del mundo, pensando que ahí debía de estar la clave.

«La vida es el único fin de toda criatura. Una vez comprendas esto, comprenderás el mundo, y te será más fácil controlarlo.»

Dana miró otra vez al pequeño árbol. «Una vez comprendas esto...»

—Este árbol está enfermo —dedujo.

El Maestro asintió.

—¿Por qué? —preguntó.

—¿Y cómo voy a saberlo?

—Escucha lo que tiene que decirte. Abre tus sentidos.

Dana no sabía cómo escuchar a un árbol.

—Quiere que sientas la energía que fluye —colaboró Kai.

—¿Y cómo hago eso? —murmuró la niña.

Se dio cuenta de que había hablado en voz lo bastante alta como para que el mago la escuchara, y se volvió hacia él, inquieta; pero el Amo de la Torre no se había movido.

«Que sientas la energía que fluye...»

Dana no estaba dispuesta a quedarse allí como un pasmarote. De modo que, aunque titubeando, colocó su mano sobre la corteza del árbol, y la acarició como si fuera la sedosa piel de un gato.

«Abre tus sentidos...»

—Cuéntame lo que te pasa —le dijo al árbol.

—Puedes hacerlo —intervino el Maestro—. De lo contrario, no te habría pedido que lo intentaras.

Dana agradeció sus palabras; ahora se sentía un poco menos ridícula. Suspiró de nuevo y cerró los ojos para tratar de sentir alguna cosa, por pequeña que fuera.

«Cuéntamelo...»

Y entonces, de pronto, notó un levísimo estremecimiento en la punta de los dedos, una pequeña punzada de dolor, tan breve y débil que por un momento pensó que lo había imaginado. Ansiosamente, colocó también la otra mano sobre la corteza del árbol, y palpó el tronco en busca de más sensaciones.

Pero la experiencia no se repitió. Al cabo de un rato, desalentada, Dana se apartó del árbol.

—No te preocupes —le dijo el mago—. Lleva su tiempo. Pero poco a poco tu sensibilidad se hará más aguda, y lograrás percibir esto y mucho más. Sin embargo, todo ello requiere trabajo y adiestramiento. Por lo pronto, volverás aquí todos los días hasta que puedas saber qué le ocurre al árbol. Después, te aseguro que todo será más sencillo, y progresarás mucho más deprisa. Además, la magia es un arte apasionante; cuanto más aprendes, más deseas saber.

Dana cruzó una rápida mirada con Kai; el muchacho parecía tan intrigado como ella.

—Los magos podemos ver más cosas que el resto de la gente —explicó el Maestro—. Básicamente en eso radica nuestro poder. Comparados con nosotros, el resto de las criaturas son ciegas a los misterios del mundo.

Con estas palabras, el Maestro dio por finalizada la primera lección, y emprendieron el regreso a la Torre. No volvieron mediante la magia, sino que lo hicieron paseando, para que Dana aprendiese el camino hasta el árbol al que tenía que escuchar.

Llevaban un buen rato andando en silencio cuando la voz del hechicero la sobresaltó:

—El bosque es tuyo. Puedes recorrerlo cuando quieras para aprender los secretos del mundo y de la vida. Pero óyeme, nunca debes estar en él cuando el sol se haya ocultado tras la cordillera.

Dana no había pensado hacerlo, pero la intrigó aquella prohibición expresa, y lo miró interrogante.

—La noche es la hora de los lobos —explicó el Amo de la Torre—. Si aprecias tu vida no entrarás en el bosque cuando ellos bajen a cazar desde las montañas.

Justo en aquel momento se oyó un prolongado aullido a lo lejos, y Dana se estremeció.

—Los oirás aullar todas las noches —prosiguió el Maestro—. Es un sonido terrible, pero terminarás por acostumbrarte. Sin embargo al principio resulta aterrador; por eso anoche tuve que sumirte bajo un hechizo de sueño, ya que necesitabas descansar. Pero esta noche no habrá nada de eso.

Dana desvió la mirada, inquieta.

—Sin embargo —añadió el Maestro—, quiero que tengas presente algo: en la Torre los lobos no pueden alcanzarte. En la Torre estarás a salvo.

Entraron en la explanada cuando el sol ya se hundía en

el horizonte. Dana vio, como la tarde anterior, la alta figura de Fenris en las almenas. El viento le azotaba el rostro y hacía ondear su melena cobriza y su larga capa, pero al elfo no parecía importarle. Como si fuera el centinela de la Torre, permanecía muy erguido, con sus gatunos ojos fijos en el horizonte.

V

VISIONES

*D*ANA NUNCA OLVIDARÍA el día en que, cinco años después de su llegada a la Torre, aprobó el examen del Libro del Agua y cambió su túnica por una de color violeta.

A la mañana siguiente se despertó más tarde de lo habitual, porque aquel tipo de exámenes la agotaba, pero pensó que se lo había ganado, y se llenó de satisfacción cuando vio a los pies de su cama la túnica violeta que tanto le había costado obtener.

Se levantó de un salto para admirar la suavidad y el brillo de la tela bajo la luz matinal.

Había trabajado mucho para conseguirla. Como el Maestro le había advertido desde el principio, el estudio de la magia era algo tan apasionante que había terminado por absorberla por completo. A los dos años de su llegada a la Torre ya se había aprendido todos los hechizos del Libro de la Tierra para convertirse en una estudiante de segundo grado y cambiar así la túnica blanca por una verde. Apenas año y medio después, se examinaba del Libro del Aire y obtenía la túnica azul.

Y por fin, la noche anterior, había aprobado el examen del Libro del Agua. Ya era una aprendiza de cuarto grado. Sólo le quedaba uno más para convertirse en maga.

Suspiró, sin atreverse todavía a vestir su nueva túnica. Sobre la mesa ya tenía su nuevo manual de estudios: el Libro del Fuego. El más difícil.

Se asomó a la ventana, así, en camisón, y respiró profundamente. Fuera, el aire era helador, pero el hechizo térmico que protegía la Torre de todas las agresiones meteorológicas hacía que su cuarto siempre estuviese a una temperatura agradable, incluso con la ventana abierta. A Dana aquello le parecía ya tan natural que se habría olvidado de cerrar la ventana en cualquier otro lugar del mundo, por mucho frío que hiciese fuera.

Sí, había cambiado mucho desde su llegada a la escuela de Alta Hechicería, cinco años atrás. Ahora era una muchacha de quince años alta y seria, y dedicada a la magia por completo. Había aprendido muchas cosas, pero fundamentalmente se había dado cuenta de algo importante: había nacido para aquello, y no concebía ya su vida lejos de la Torre y de la magia. Su mayor ambición, aunque no lo había dicho a nadie, era la de superar al Maestro algún día y convertirse en Archimaga.

Los Archimagos eran los únicos hechiceros que estaban por encima de los Maestros. El Amo de la Torre había dedicado toda su vida a estudiar y perfeccionar su magia y, sin embargo, no había alcanzado tal nivel, que sólo estaba reservado a unos pocos escogidos. Pero aun así era un mentalista, uno de los tipos de magos más poderosos que existían, porque empleaba el poder de la mente y era capaz de leer los pensamientos de las personas. Dana no sabía si lograría superarlo algún día, pero soñaba con esa posibilidad y trabajaba con esfuerzo y constancia, todos los días, porque sabía que era la única forma de lograrlo.

Sin embargo, aquel día pensaba tomarse la mañana libre.

Sonrió y se puso, por fin, su nueva túnica violeta, estremeciéndose al sentir su roce. Después se lavó la cara y se peinó con los dedos los rebeldes mechones de cabello negro. Se había cortado las trenzas tiempo atrás, considerando que eran una molestia, y que no concordaban con la imagen que ella quería dar: la de una aprendiza de hechicera que ya era bastante poderosa y había consagrado su tiempo y su vida a la magia.

Por la tarde salió a cabalgar con Lunaestrella. Se internó

en el bosque con la seguridad de quien lo conoce palmo a palmo, deteniéndose en los lugares que más recuerdos le traían, como aquel claro donde crecía un árbol que años antes había estado a punto de morir por culpa de una plaga de termitas. La primera prueba de Dana al llegar a la Torre había sido comunicarse con el árbol para averiguar qué le sucedía.

«Se trataba simplemente de sentir lo que sentía el árbol, de fundir mi energía con la suya», se dijo Dana. Ahora le parecía una cosa muy sencilla, y sonrió recordando sus apuros del primer día.

Siguió recorriendo el bosque sin prisas, disfrutando del paseo y llenando sus saquillos con diversos tipos de plantas que, o bien necesitaba para sus pócimas, o bien le había pedido Maritta para la cocina. Se detuvo finalmente junto al arroyo, dejando que Lunaestrella pastase a su aire, y se inclinó sobre el agua para beber. Pero de pronto su fina percepción le indicó que no estaba sola. Levantó la cabeza rápidamente, mientras sus ojos azules escrutaban la floresta, fríos e inquisitivos. Se relajó al ver a un muchacho rubio sentado al pie de un sauce, al otro lado del arroyo.

—Me alegro de volver a verte —dijo él con una sonrisa.

—Nunca hemos dejado de vernos —replicó ella.

Era verdad, hasta cierto punto. Kai seguía viviendo en la Torre, en la habitación contigua a la de Dana; pero ambos se habían distanciado inevitablemente cuando ella comenzó a aplicarse a sus estudios prácticamente por completo. Ya no iban juntos casi nunca, y parecía que, incluso, Dana evitaba su compañía.

—Has estado un poco encerrada estos meses —comentó el chico—. Es una lástima que no hayas tenido tiempo para quedar conmigo.

—Tenía un examen —se limitó a contestar Dana.

—Pero ahora ya lo has aprobado —observó Kai, haciendo referencia a la nueva túnica de su amiga—. Enhorabuena.

Se levantó y cruzó el arroyo en dos saltos. Dana se sorprendió a sí misma admirando la elegancia y seguridad de sus movimientos, y apartó la vista, molesta. Se había prometido a sí misma que nunca...

—Mañana tómate el día libre —dijo Kai cuando llegó a su lado—. Como en los viejos tiempos.

—No puedo; hoy ya no he hecho nada, y mañana sin falta tendré que empezar con el Libro del Fuego —respondió ella rápidamente.

Demasiado rápidamente, pensó Kai. Pese a lo mucho que había cambiado su amiga, él todavía podía leer en su corazón como en un libro abierto; ella le había tratado con demasiada frialdad en los últimos tiempos y, aunque Kai sabía muy bien por qué, no resistió la tentación de confundirla un poco.

Además, jugaba con ventaja.

Alzó la mano y le acarició la mejilla, con suavidad.

Anda, hazlo por mí.

Dana miró a Kai a los ojos. Vio ternura, pero también una chispa maliciosa, y se separó de él.

—Te he dicho que no puedo.

Kai ladeó la cabeza y siguió mirándola.

—Me romperás el corazón si te vas y me dejas aquí solo.

Dana aparentó estar molesta, pero en el fondo sabía que no podía resistirse a su encanto.

Y Kai lo sabía también.

—Eres una hechicera fantástica —la halagó—. Seguro que puedes permitirte otro día de descanso, y no se notará.

Era cierto, y Dana lo sabía. Sus progresos habían sorprendido al mismo Maestro; pero Dana también admitía que no había llegado hasta allí sólo con talento natural: había trabajado mucho, muchísimo, para alcanzar aquel nivel.

—Lo siento. Otra vez será.

Le dio la espalda y se dirigió a Lunaestrella para dar por finalizada aquella conversación, pero Kai dijo a media voz:

—Te echo de menos.

Dana se preguntó cómo podía ser tan cruel. Sí, admitió a regañadientes, ella también le echaba de menos, pero debía mantenerse alejada. No se trataba sólo de sus estudios; había otra razón mucho más poderosa, y Kai la conocía tan bien como ella. Por mucho que lo intentase, Dana nunca había podido ocultarle sus sentimientos.

Mantuvo la cabeza fría. El miedo y el orgullo le impedían sincerarse con él, sobre todo en vista de que al chico parecía divertirle jugar con aquella situación.

—Vete al infierno —gruñó más que dijo.

Agarró la brida de Lunaestrella. Deseaba más que nada volver cabalgando a la Torre, encerrarse en su estudio y olvidarse de todo mientras abría las primeras páginas del Libro del Fuego.

—Eso no ha sido muy amable por tu parte —comentó Kai—. Te digo esto por tu bien: los sentimientos son parte de la vida, y no nacen dentro de ti para que tú los encierres bajo siete llaves. Deberías saberlo.

Dana chasqueó los dedos, molesta, y ella y su yegua desaparecieron de allí para materializarse lejos de la vista del muchacho. El hechizo de teletransportación era uno de los primeros que enseñaba el Libro del Aire, y la chica lo controlaba a la perfección.

Podría haber aparecido en la Torre, pero aún le quedaba un rato hasta que el sol se pusiera por el horizonte, y prefería volver tranquilamente montando sobre su yegua. Mientras emprendía el regreso, volvió a pensar en Kai.

¿Cuándo había comenzado a estropearse todo? ¿Cómo habían llegado a aquella situación? Una vez se había jurado a sí misma que nunca permitiría que se rompiese su amistad con él. Pero...

Sus mejillas se tiñeron de color cuando recordó cómo había empezado a ver en Kai algo más que un amigo. Cómo había luchado contra aquel sentimiento sin resultado.

Ahora sabía más que a su llegada a la Torre. Había buscado información sobre las criaturas inmateriales con la esperanza de encontrar alguna pista sobre la naturaleza de Kai. Ángeles, espectros, apariciones de otros planos, fantasmas, incluso demonios que tomaban forma humana y que sólo eran vistos por quienes ellos querían. Sin embargo nada de aquello parecía encajar con Kai, porque Kai crecía como un ser humano, cambiaba con los años, mientras que los seres inmateriales, aunque podían adoptar cualquier forma, no lo hacían con tanta perfección y naturalidad.

Muchas veces, Dana pensaba que Kai era lo que su hermana mayor había dicho aquella noche, en la granja, años atrás: un producto de su imaginación. El Maestro intuía la presencia de su amigo, era cierto; pero, ¿no sería debido a su capacidad para leer los pensamientos de los demás?

En cualquier caso, Dana ahora ya no confiaba en Kai o, al menos, no de la misma forma que antes. Sin embargo, en el fondo sabía que era porque tenía miedo, miedo del sentimiento que estaba naciendo en su corazón, provocado por alguien a quien no podía tocar.

—Tendría que hablar con él —le dijo a Lunaestrella—. Pero últimamente se ha vuelto muy sarcástico; da la sensación de que se burla de mí porque sabe que yo...

Se calló de pronto. Nunca lo admitiría en voz alta, no podía. Levantó la cabeza con decisión.

—Voy a ser maga dentro de poco —dijo—. Uno o dos años, todo lo más. Y una maga debe ser fuerte, y no dejar que nada la distraiga de lo que debe hacer.

La alta silueta de la Torre emergió entonces ante ella. Como cada tarde, el elfo Fenris vigilaba el horizonte desde las almenas. Había superado la Prueba del Fuego dos años atrás; era ya por tanto un mago consagrado, y su túnica flamígera despuntaba en lo alto como una advertencia a los extraños.

Dana se había preguntado a menudo qué hacía él allí, pero nunca había hecho nada por averiguarlo. Después de cinco años en la Torre no había logrado coger confianza con el elfo, porque él siempre se mostraba frío y reservado, aunque nunca había llegado a ser descortés. Finalmente habían terminado por tratarse con corrección, pero con indiferencia, ignorándose y evitándose el uno al otro la mayor parte de las veces.

Dana llegaba ya a la verja encantada. La abrió con un sencillo hechizo, y sonrió recordando la primera vez que había franqueado aquel portal. Se pasó una mano por el pelo para apartárselo de la cara y dejó que Lunaestrella avanzara por sí sola hacia el establo.

Luego pasó por la cocina antes de subir a su habitación.

—Buenas noches, Maritta —saludó.

La enana gruñó algo. Estaba ocupada sacándole brillo a una vieja marmita. En la pila se acumulaban los cacharros sucios que había usado para hacer la cena, junto con los platos de la comida, todavía sin fregar.

—Veo que has estado atareada hoy —comentó Dana, y, sin esperar respuesta, pronunció a media voz las palabras de un hechizo.

Enseguida, los cacharros empezaron a fregarse solos. Maritta levantó la cabeza para observar el prodigio, nada sorprendida.

—Deberías reservar tus energías para practicar cosas más importantes —masculló.

Dana sabía que era su forma de darle las gracias, así que se encogió de hombros.

—Te he traído lo que me has pedido —dijo, y dejó varios saquillos sobre la mesa—. Romero, nueces, espliego, manzanilla, moras silvestres... —enumeró.

Maritta se levantó para ir a echar un vistazo a los saquillos. Dana vio que, como todas las noches, tenía su cena preparada en la bandeja. Fenris y el Maestro solían subírsela a su habitación mediante la magia, por lo que nunca bajaban a la cocina; en cambio a Dana le gustaba cenar allí, haciendo compañía a Maritta. Se sentó, aún con un ojo puesto en la pila donde los platos se estaban fregando solos, y después echó un vistazo poco entusiasmado a su humeante plato.

—Escucha, niña —dijo entonces Maritta—. De mujer a mujer: a ti te pasa algo.

—¿En serio? —preguntó Dana distraídamente, mientras pinchaba una patata con el tenedor—. ¿Por qué lo dices?

Observó la patata con aire ausente, perdida en sus pensamientos. Luego, empezó a destrozarla sistemática y metódicamente.

—No sabía que les tuvieras tanta manía a las patatas —comentó Maritta—. ¿No tienes hambre?

—No mucha.

—Pues ayer hiciste un examen difícil. Creí que querrías recuperar fuerzas.

Dana seguía destrozando patatas casi sin darse cuenta. Apenas escuchaba a la enana.

—Ya lo creo que te pasa algo —afirmó ella—. Y yo sé qué es: estás enamorada.

Uno de los platos cayó al suelo y se rompió en mil pedazos con estrépito.

—¡Lo ves! —exclamó Maritta triunfalmente—. ¡He dado en el clavo!

Dana gruñó y se esforzó en controlar el hechizo. Cuando se aseguró de que funcionaba correctamente, corrió a recoger los pedazos del plato roto.

Todo su buen humor se había esfumado. No estaba siendo un buen día: primero, su encuentro con Kai, y después, aquel fallo tan garrafal en un hechizo tan sencillo...

Maritta la contempló un rato en silencio. Luego dijo:

—Es ese elfo, ¿verdad? Demasiado larguirucho para mi gusto; y, además, a los de su raza no les crece barba, cosa que, a mi entender, no les favorece —suspiró—. Pero comprendo que a una chica humana puede parecerle atractivo.

Dana no respondió, aunque le hizo gracia la suposición de la enana. Demasiado cerca del blanco, pero había pensado en la persona equivocada. ¿Y quién si no?, se dijo Dana. Maritta no podía ver a Kai. Nadie podía ver a Kai, se recordó ella con amargura.

—El elfo es un engreído —dijo finalmente a media voz.

—Y muy guapo —concluyó Maritta maliciosamente.

Dana no la contradijo; no tenía ganas de discutir. Cuando

vio que todos los platos estaban limpios y bien apilados junto al fregadero, se despidió y subió a su habitación.

Maritta observó largo rato el plato de la muchacha, intacto a excepción de las patatas que había destrozado con el tenedor.

—Está enamorada —declaró—. ¡Si lo sabré yo! Conozco a esa niña como si fuese su madre.

A Dana le costó trabajo dormir aquella noche. No era a causa de los aullidos de los lobos, a los que ya se había acostumbrado, ni tampoco por el fuerte viento que hacía crujir la madera de su ventana.

Eran los ojos verdes de Kai, que tenía clavados en lo más profundo de su corazón.

De todas formas se levantó para conjurar el viento y hacer que se calmase un poco; abrió la ventana de par en par y se asomó al exterior.

Era una noche fría, pero la vista era muy hermosa si se contemplaba el Valle de los Lobos desde la seguridad de la Torre. Dana suspiró, algo más relajada. «Este es mi hogar», pensó. «Mi verdadero hogar».

Se obligó a sí misma a planificar un poco lo que haría a partir de aquel momento. Acababa de conseguir la túnica violeta, pero aún le quedaba un largo camino por recorrer hasta llegar a la roja que marcaría el final de su aprendizaje básico. Cuando pasase la Prueba del Fuego sería una maga reconocida, y podría quedarse en la Torre o marcharse a otro lugar a perfeccionar su arte.

Pero eso ya lo decidiría en su momento. Ahora debía estudiar, estudiar mucho.

Suspiró de nuevo. Kai la había ayudado cuando era niña, pero ahora ella ya no estaba a gusto en su compañía. Era más bien un estorbo, porque la distraía y no le permitía concentrarse.

—Mi destino es la magia —musitó, y sus ojos azules se endurecieron—. Si para ello he de seguir sola... muy bien. Que así sea. No necesito a nadie más. A nadie en absoluto —y dio media vuelta para volver a la cama: debía descansar.

Kai estaba sentado en el alféizar de la ventana del cuarto contiguo. Dana no llegó a verle, pero él había escuchado todas y cada una de sus palabras.

La chica se despertó horas más tarde, de madrugada. Su subconsciente la había sacado de lo más profundo de su sueño para advertirle de la presencia de un extraño en su cuarto. Al principio pensó que era Kai, y se sobresaltó al ver, a la tenue luz que se filtraba por la ventana abierta, que al fondo de la habitación había una mujer que no conocía.

Se incorporó de golpe, encendió la vela mágica que había sobre su mesilla y su mente preparó instintivamente un hechizo defensivo. Pero algo le dijo que no sería necesario utilizarlo.

La mujer sonrió amablemente. No era muy alta, pero imponía respeto, tal vez por la túnica dorada que llevaba, o tal vez por su mirada llena de sabiduría, o quizá por su semblante sereno. Dana apreció que era de mediana edad, y muy bella, pese a que su cabello oscuro comenzaba a encanecer. Sus ojos pardos contemplaban a Dana con una mirada comprensiva. Sin embargo no era real, no era más que una imagen: Dana podía ver a través de ella.

—¿Quién eres? —preguntó la aprendiza.

—Una prisionera —respondió ella—. Por favor, busca al unicornio.

—Pero qué...

—Busca al unicornio. Y no le digas a nadie que me has visto.

La imagen de la dama parpadeó, y Dana comprendió que aquella mujer, fuera quien fuera, no podía seguir comunicándose con ella más tiempo.

—El unicornio —le recordó la imagen, antes de desaparecer definitivamente.

Dana sacudió la cabeza, sorprendida... Pero de pronto se vio a sí misma corriendo por el bosque en plena noche, acosada por una jauría de lobos que la perseguía gruñendo y aullando. Dana gritaba, y corría y corría hacia una luz más allá de los árboles. Los lobos le pisaban los talones, pero ella seguía corriendo...

Entonces fue a parar a un claro iluminado por una enorme hoguera. Allí vio a Fenris y al Maestro, y corrió hacia ellos, suplicando que la ayudaran... pero se paró en seco al ver lo que estaban haciendo.

Estaban probando un hechizo de polimorfismo con Kai. El muchacho gritaba en plena agonía, mientras su cuerpo se iba transformando poco a poco en el de un enorme lobo gris...

—¡Kai! —gritó ella.

Y entonces el lobo sonrió mostrando una larga hilera de afilados colmillos y se abalanzó sobre ella, con una luz salvaje centelleando en sus ojos verdes...

—¡Kai! —chilló Dana de nuevo.

Se despertó, tiritando y sudorosa, en su cama, con el corazón palpitándole con fuerza.

—Estoy aquí, Dana —dijo una voz a su lado.

Dana dio un respingo y se volvió hacia Kai, desconfiada. Pero él ya no era un lobo, sino un chico de quince años que estaba sentado a su lado y la miraba serio y preocupado, pero con ternura.

—Ha sido un sueño, Dana.

Ella inspiró profundamente.

—Yo... tú... —balbuceó—. Ellos estaban transformándote en... y tú...

—No pienses más en ello, ¿de acuerdo?

—Bueno, pero no te vayas. Quédate conmigo esta noche.

El alivio de Dana al sentir a Kai a su lado era tal que por un momento había olvidado sus propósitos. Se sentía de nuevo como una niña que necesitaba que alguien la consolase.

Kai no dijo nada, pero tampoco hizo nada por marcharse. Quedaron en silencio un buen rato. Cuando él ya pensaba que Dana se había dormido, oyó la voz de la chica, lenta y serena:

—Había una mujer. Me ha dicho...

—Está bien, Dana. Era sólo un sueño.

—No, estoy segura de que eso no lo era. Me ha dicho que estaba prisionera. Se ha comunicado conmigo y me ha pedido que buscase al unicornio.

—¿Que se ha comunicado contigo? ¿Qué quieres decir?

—Parecía una maga, una hechicera de gran poder. Debe de haber mandado una imagen suya desde el lugar donde está prisionera.

—¿Y por qué a ti? ¿No será más bien al Maestro?

—No sé. Pero me ha pedido que no se lo dijera a nadie.

—Me lo acabas de decir a mí —observó Kai—. ¿Es que yo no soy nadie?

El chico volvía a mostrarse mordaz, y Dana se puso a la defensiva, lamentando que hubiese acabado ya aquel momento en que todas las barreras parecían haber desaparecido.

—Hay gente que no cree en lo que no puede ver —replicó secamente—. Por ejemplo, para Maritta no eres nadie; y para la inmensa mayoría de las personas, tampoco.

Se arrepintió inmediatamente de haberlo dicho cuando percibió la mirada, profundamente dolida, que le dirigió Kai.

—Lo siento —se apresuró a decir ella—. No quería herirte...

—Llevas mucho tiempo haciéndolo —le reprochó él.

—Lo siento. Yo... no sé qué me pasa —sintió de pronto un acuciante deseo de hacer las paces con él, de que todo volviese a ser como antes—. Nunca podrás perdonarme.

—Ni tú a mí tampoco —respondió Kai tras un momento de silencio—. Me he portado fatal contigo. Sólo pensaba en mí mismo.

Dana respiró profundamente. No había imaginado que terminarían diciendo aquellas cosas, y sólo se le ocurrió algo para concluir:

—Entonces, ¿volvemos a ser amigos, como antes?

—¿Es lo que quieres?

—No sé. Me da miedo. No sé quién eres.

—Antes no te importaba.

—Antes no es ahora. Sé muchas más cosas sobre todo, pero sigo sin saber nada de ti.

—Todo a su tiempo —susurró él, acariciándole el pelo—. Ahora debes dormir y descansar. Y mañana buscaremos al unicornio.

—¿Buscar al unicornio?

—¿No es eso lo que te ha pedido esa mujer que hicieras?

—También me ha pedido que no diga nada a nadie. Pero yo no puedo actuar a espaldas del Maestro, Kai. Nadie puede. Él lo sabe todo.

—Ya pensaremos en algo. Buenas noches.

Dana se acurrucó junto a él. De pronto, todo parecía mucho más sencillo.

—Buenas noches, Kai —respondió, y cerró los ojos, contenta de poder ser por una noche de nuevo una granjera, y no una seria aprendiza de maga.

Mucho después de que Dana se durmiera, Kai seguía despierto, a su lado, siempre a su lado, velando su sueño y sumido en una tristeza que su amiga nunca llegaría a comprender, una tristeza infinitamente mayor que la que jamás sentiría ella.

Los días siguientes fueron mucho más confusos. Dana había decidido —para desencanto de Kai— no volver a pensar en la mujer de la túnica dorada que le pedía ayuda desde la distancia. Tenía muchas cosas que hacer, y no quería meterse en problemas.

Pero la prisionera no pensaba como ella.

Se le apareció muchas otras veces: en su cuarto, en las escaleras, en el patio, en el estudio, en la biblioteca... a veces eran imágenes de gran precisión y claridad, y otras veces Dana apenas podía distinguir los contornos de su figura. A veces ella no hablaba, pero cuando lo hacía siempre repetía el mismo mensaje: «Busca al unicornio...».

Al principio Dana había tratado de preguntarle más cosas, pero parecía que el poder de la dama era limitado, porque la imagen no era capaz de decir mucho más. Al final, cansada,

Dana decidió actuar como si no existiera. Estaba harta de ver cosas que nadie más podía ver.

Sin embargo, así era imposible concentrarse. Cuando una tarde Dana salió chamuscada de su estudio tras conjurar a un genio del fuego, se dio cuenta de que tendría que hacer algo y rápido. Si no lograba centrarse en sus estudios, podía peligrar incluso su propia vida.

VI

DE MODO QUE Dana se encerró en la biblioteca y se puso a buscar datos sobre los unicornios.

Reunió bastante información, pero nada que le resultase realmente de utilidad: había tantas leyendas acerca de los unicornios que no sabía cuáles eran verdaderas y cuáles no.

Un día se encontró con Fenris en la biblioteca, y, venciendo su reticencia, se acercó a preguntarle por los unicornios. El mago elfo estaba de buen humor aquella mañana, y sonrió.

—Me preguntaba cuánto tardarías en interesarte por el tema.

—¿Por qué?

—Porque todos los magos buscan un unicornio en algún momento de sus vidas. Se dice que su cuerno mágico proporciona un poder casi ilimitado a quien lo posee.

—*Se dice* —observó ella sagazmente—. ¿Y eso es cierto o es una leyenda? Se ha escrito tanto acerca de los unicornios que cualquier cosa podría ser falsa. La información a veces se contradice. ¿Cómo sé qué libros dicen la verdad, y cuáles son sólo cuentos de hadas? Es frustrante.

—La simple búsqueda del unicornio es ya de por sí algo frustrante. Muchos magos y aprendices antes que tú ya intentaron atrapar uno, sin resultado. Incluso hay quien dice que se han extinguido.

—¿Y es así?

—Es posible. Pero la opinión más extendida es que simplemente quedan muy pocos, pese a lo difícil que es capturarlos.

—¿Y por qué es tan difícil?

—Porque son criaturas mágicas, sobrenaturales, salvajes y libres como el viento, y mucho más inteligentes que cualquier mortal. Nadie puede verlos a menos que ellos quieran —la miró con fijeza—. ¿O es que acaso te has topado con alguno?

—No. ¿Debería?

El mago sonrió.

—Es lo que pasa siempre —comentó—. Conoces el bosque de punta a punta y, en cambio, nunca has visto al unicornio del Valle de los Lobos.

Dana era ahora toda oídos.

—¿Quieres decir que hay un unicornio en este bosque, el bosque del Valle de los Lobos?

El elfo sacudió la cabeza.

—No me atrevería a jurarlo —dijo—. Hay muchas leyendas que afirman que es así, pero yo no conozco a nadie que lo haya visto.

Dana no dijo nada, pero meditó bien aquella nueva información.

—Puedes probar a buscarlo —añadió Fenris—. Pero yo apostaría a que no lo encontrarás. Casi seguro que lo único que hay en ese bosque son lobos.

Pronunció la palabra «lobos» con tanta amargura y resentimiento que Dana se sobresaltó. Nunca había oído a Fenris decir nada en un tono desagradable o más alto de lo correcto. Miró al elfo con suspicacia, pero él ya había vuelto a su trabajo.

Con un suspiro, Dana recogió sus cosas y se dirigió a la puerta de la biblioteca.

—Buena suerte —oyó la voz del mago elfo a sus espaldas.

—Gracias —se limitó a contestar ella.

Salió de la sala y cerró suavemente la puerta tras ella, absorta en sus pensamientos.

El unicornio... ¿se refería la dama al que, según las leyendas, vivía en el bosque del Valle de los Lobos, aquel bosque que rodeaba la Torre y que ella conocía tan bien? ¿Y cómo encontrarlo, si nadie hasta entonces lo había visto?

Mientras subía la escalera de caracol en dirección a su cuarto se le apareció de nuevo la dama de la túnica dorada. Dana estaba acostumbrada a ver aquella imagen, y a menudo la había ignorado por completo; pero en aquella ocasión tenía muchas preguntas que hacerle, así que fue a reunirse con ella.

—Señora —le dijo—. Lleváis ya tiempo acudiendo a mí. Si no queréis revelarme vuestro nombre y condición, decidme al menos qué debo hacer, dónde he de buscar al unicornio. ¿Se trata del unicornio que vive en este valle? Y, si es así, ¿cómo puedo llegar hasta él?

La dama la miró y sonrió con infinita tristeza. Dana enmudeció, impresionada, y cada vez más intrigada ante aquel misterio.

—Plenilunio —dijo ella.

—¿Qué significa eso? —preguntó Dana, pero de pronto la imagen desapareció tan súbitamente como había llegado.

La aprendiza intuyó una presencia a su espalda y se giró. Tras ella estaba el Maestro.

—Buenas tardes, Dana. ¿Con quién hablabas? ¿Practicabas con alguna invocación, tal vez?

Ella al principio no supo qué responder. Después asintió en silencio.

—Son hechizos muy avanzados —comentó el viejo mago, clavando en su alumna sus inquisitivos ojos grises—. ¿Cómo van tus ejercicios?

—Bien. Ya he comenzado con el Libro del Fuego y, si sigo a este ritmo, tal vez pueda examinarme dentro de un año.

El Maestro negó con la cabeza.

—Demasiado pronto.

Dana se encogió de hombros.

—Trabajo mucho.

—Lo sé —el Maestro le dirigió una mirada tranquilizadora—. Avanzas rápido, aprendes bien. Eres una alumna aventajada. Pero es necesario que te prepares muy bien antes del último examen. Con el fuego no se juega.

Dana asintió. Se despidió de él y siguió su camino, subiendo la escalera de caracol.

El Maestro se quedó mirando cómo se marchaba su pupila. Cuando ella se perdió de vista, el viejo hechicero sonrió.

—Por fin parece que vamos a alguna parte —murmuró.

Dana llegó a su cuarto y se sentó junto a la ventana, para pensar.

Plenilunio. ¿Significaba aquello que sólo podría ver al unicornio bajo la luna llena? A pesar del tiempo transcurrido, Dana recordaba muy bien la advertencia del Maestro de no salir de la Torre de noche. «Pero entonces yo era una niña», pensó la chica. «Y ahora ya domino tres elementos y conozco muchas formas de vencer a una jauría de lobos hambrientos.»

—Sé que podría enfrentarme a ellos —murmuró a media voz.

—¿Enfrentarte a quién?

Dana no necesitaba volverse para saber que se trataba de Kai, que acababa de entrar.

—A los lobos.

Kai se reunió con Dana en la ventana, y ella le contó enseguida todo lo que había averiguado. Inmediatamente en los ojos verdes del muchacho se encendió una chispa que Dana conocía muy bien: el ansia de aventuras.

—¡Qué bien, un misterio! La vida en este sitio empezaba a ser demasiado aburrida. ¿Cuándo es el próximo plenilunio?

—Aguarda un momento, Kai. Antes que nada deberíamos averiguar quién es esa mujer y desde dónde se pone en contacto con nosotros. Tal vez sea una trampa.

—¿Lo crees así?

En el tono de voz de Kai había un cierto matiz irónico. Dana suspiró, rendida. Su amigo la conocía demasiado bien.

—De acuerdo, no —admitió—. No parece malvada. Pero, entonces, ¿por qué se oculta del Maestro?

—Tienes que reconocer que tu Maestro tiene algo de siniestro, Dana.

—Qué va; es sólo severo y poco hablador, pero no es malo. A mí siempre me ha tratado bien.

—Te ha visto hablando con la prisionera. ¿Crees que la ha visto *a ella*?

—No tengo ni idea. En todo caso, ha pensado que era una invocación, un ser de otro plano que yo había traído mediante un hechizo.

—Tal vez lo sea.

—No. No hago invocaciones de ese tipo.

Calló un momento, mientras pensaba intensamente.

—¿Quién puede ser? Quizá viva en una de las dos o tres Escuelas de Alta Hechicería que quedan en el mundo aparte de la Torre. ¿Pero, entonces, por qué trataría de comunicarse conmigo?

—O tal vez sea alguien como yo —murmuró entonces Kai a media voz.

Dana se sobresaltó, y se volvió hacia él; pero la expresión del chico le indicó que él no estaba dispuesto a hablar del tema que tanto interesaba a Dana: quién o qué era Kai, de dónde procedía, por qué sólo ella podía verle.

Suspiró, y apartó la mirada. El comentario de Kai le parecía demasiado importante como para ser casual. La imagen de Kai era mucho más real, más completa, más nítida que la de la dama, hasta el punto de que Dana no la distinguía de la de las otras personas, mientras que la imagen de la prisionera era como una niebla que permitía ver a través de ella.

Pero en ambos casos sólo Dana los veía y oía.

¿No serían los dos, Kai y la mujer de la túnica dorada, un producto de su imaginación? ¿Distinguía ella lo que era real de lo que no lo era? ¿Estaba loca, al fin y al cabo?

Fijó su mirada en Kai.

—¿Existes de verdad, amigo mío? —le preguntó en un susurro.

Él sonrió.

—Depende de lo que entiendas por «existir» —replicó—. Aventajada aprendiza de maga, déjame que te recuerde dos reglas básicas de la magia: todo es posible y las cosas no siempre son lo que parecen.

Dana apartó la mirada, confundida.

—¿Qué vas a hacer? —preguntó entonces Kai.

—No lo sé —Dana dejó su mirada prendida en algún punto de las montañas más lejanas—. Quiero saber más. Quiero saber si vale la pena arriesgarse, porque tal vez no sea cierto que hay un unicornio aquí. Y, aun en el caso de que lo hubiera, si mi Maestro no lo ha encontrado, ¿cómo voy a hacerlo yo?

—Supongo que esa mujer no perdería el tiempo pidiéndote imposibles —comentó Kai.

Quedaron un rato en silencio. Después, Dana murmuró:

—¿A quién podría preguntar? Si no debo hablar al Maestro del asunto, y ya he preguntado a Fenris... no sé. No creo que Maritta sepa de unicornios. Probablemente ni siquiera crea en su existencia. «Eso son cuentos de hadas, jovencita», me diría.

—Entonces no te queda nadie más en la Torre —dijo Kai, y Dana se volvió hacia él.

—¿Qué insinúas?

Kai no respondió enseguida. Seguía con el dedo las rugosidades del alféizar de piedra, como si aquello fuera tremendamente entretenido.

—¿Cuánto tiempo hace que no visitas el pueblo? —dijo al fin.

Dana respiró hondo, comprendiendo lo que el muchacho quería decir. Sólo había pasado por aquel pueblo una vez en su vida, al llegar al Valle de los Lobos con el Maestro, cinco años atrás. Tenía recuerdos muy confusos de aquella noche; pero sí sabía que los lugareños miraban con desconfianza a los habitantes de la Torre.

—No sé si me recibirían bien.

Kai se encogió de hombros.

—Son gente sencilla que teme lo que no comprende. Pero estoy seguro de que no te harán daño.

—No podrían —sonrió Dana—. Soy una aprendiza de cuarto grado, ¿recuerdas?

Y no se lo pensó más. Al día siguiente fue a hablar con su Maestro para pedirle un día libre. No debía contarle sus motivos, pero no podría ocultárselos si él se empeñaba en averiguarlo. Por eso trató de buscar una excusa alternativa, y pensó en ella lo bastante como para creérsela. Así que, cuando habló con el Maestro, se concentró en sus deseos de salir de la Torre, de tomar un poco el aire y descansar de sus estudios, de explorar un poco más allá de su universo diario, y dejó que todo aquello flotase en su consciencia por encima del misterio de la dama y el unicornio.

El Maestro la observó un momento sin decir nada. Dana seguía pensando en las ganas que tenía de tomarse un día libre porque estaba cansada, lo cual, en el fondo, también era verdad.

—Puedes ir si lo deseas —concedió el hechicero—. Sin embargo, no intentes cruzar el bosque de noche. Ya sabes que es peligroso.

Dana asintió y le dio las gracias efusivamente. Después, bajó corriendo a la cocina para contarle a Maritta la novedad de su excursión.

La chica apenas pudo dormir aquella noche. Era la primera vez que iba a alejarse de la Torre en cinco años, y no veía la hora de que amaneciese para poder partir.

Cuando ensilló a Lunaestrella al romper el alba casi había olvidado el verdadero asunto que le llevaba al pueblo. Montó sobre la yegua sintiéndose más ligera que una nube de verano, y cuando cruzó la verja tuvo que reprimir las gana de ponerse a cantar.

Fuera la esperaba Kai, con los brazos cruzados sobre el pecho y la espalda apoyada en el muro, en actitud serena. Sin embargo, no logró engañar a Dana; lo conocía demasiado bien como para no percibir, por el brillo de sus ojos, que estaba tan ilusionado como ella.

Kai subió de un salto a Lunaestrella y se acomodó detrás de Dana. La muchacha respiró hondo e hizo que la yegua echase a andar.

El paseo fue agradable. Pese a que hacía frío y un irritante viento helado les azotaba el rostro, los chicos se sentían libres y felices mientras atravesaban el bosque. Dana estaba de buen humor y parloteaba sin cesar. Kai reía muy a menudo, y hasta Lunaestrella parecía disfrutar bajo los tímidos rayos del sol.

A mediodía dejaron el bosque atrás y salieron a campo abierto. Dana detuvo a su yegua en la ladera para contemplar un momento el paisaje. Al fondo del valle se veían las casas del pueblo, esparcidas al pie de las montañas, rodeadas de campos de cultivo. Tras ellas se alzaba la imponente sombra de la cordillera.

—¿No es precioso? —murmuró Dana.

Kai sonrió. Se inclinó hacia adelante para acariciar el cuello de Lunaestrella y murmuró algo al oído del animal, que se animó de súbito y salió galopando ladera abajo.

Dana se había echado hacia un lado para dejar que Kai se agachara hacia la cabeza de la yegua. No imaginaba que ella iba a reaccionar así, y su brusca salida estuvo a punto de hacerla caer.

Dana gritó, y se agarró como pudo para no perder el equilibrio. Cuando logró retomar el control de la situación, Lunaestrella aún galopaba ladera abajo.

—¿Estás loco? —le gritó la muchacha a Kai—. ¿Qué has hecho?

—¿No es fantástico? —replicó él, sonriendo.

Dana pronto sonrió también. Sí, era fantástico. Lunaestrella corría como el viento, y ella se sentía volar, y todo era mucho más hermoso con Kai a su lado.

La joven aprendiza de maga lanzó un grito de júbilo. Lunaestrella le respondió con un gozoso relincho. Kai se echó a reír, y Dana le secundó.

Las risas de ambos ascendieron hacia el frío cielo sin nubes que cubría el valle.

Entraron al paso por el camino del pueblo cruzado ya el mediodía. Dana lo observaba todo con interés. Habían pasado cerca de algunas granjas antes de llegar. Habían visto rebaños de vacas y ovejas, jóvenes trabajando en el campo, niños jugando en el pajar. Aquellas imágenes, aquellos sonidos, aquellos olores le traían a la muchacha recuerdos de la granja donde había pasado su infancia.

—¿Lo echas de menos? —preguntó Kai, adivinando sus pensamientos.

Dana oprimió con fuerza su amuleto de la suerte.

—En cierto modo sí —respondió—. Pero no podría volver a ser granjera ahora que he conocido la magia. Creo que he encontrado en la Torre el sentido de mi vida.

Kai asintió.

—Eso se llama vocación.

Dana también observó una cosa en la gente que se encontraba a su paso: todos la miraban con una mezcla de curiosidad, respeto y temor, que en algunos casos llegaba a ser desconfianza y hasta cierta hostilidad.

—La gente sencilla no comprende la magia —le recordó Kai—. Tenlo en cuenta.

Entraron en el pueblo sin prisas. No había mucha gente por las calles, y Dana se preguntó si sería por su causa. Se encogió de hombros y decidió centrarse en sus asuntos.

Buscó las tiendas. Entró primero en la del herbolario para comprar algunas plantas medicinales que necesitaba Maritta y que no se hallaban en el bosque. Después fue por herramientas y utensilios de cocina. En todas partes se la trató con corrección, aunque no recibió una acogida cálida. No se lo tomó a mal. Cuando hubo realizado todas sus compras, se acordó de golpe del principal motivo de su visita al pueblo. Miró a Kai, un poco perdida. ¿A quién podría preguntar?

El muchacho se encogió de hombros. Dana suspiró y dio una mirada circular.

La plaza del pueblo estaba desierta. Sólo se veía, semi-oculto tras una esquina, a un niño pelirrojo de unos nueve o diez años. Dana se acercó. El rapaz retrocedió, pero le devolvió una mirada desafiante.

—No te tengo miedo —le dijo.

La muchacha sonrió.

—¿Y por qué habrías de tenerme miedo?

—Mi madre dice que eres una bruja.

—¿Y tú qué dices?

—No sé. Vistes de una forma muy rara, y nunca te había visto por aquí. Yo creo que...

—¡Nicolás! —tronó una voz femenina.

El niño dio un respingo.

—¡Mi madre! —exclamó—. Tengo que irme. ¡Si me ve hablando contigo...!

—¡Espera! —lo detuvo Dana—. ¿Qué sabes del unicornio?

El chaval lo pensó un momento. Después se encogió de hombros.

—¡Sólo son cuentos de viejas!

—¡Nicolás! —insistió la voz, y el niño echó a correr hasta desaparecer en el interior de una casa.

La puerta se cerró de golpe tras él. Dana respiró hondo, frustrada.

—Cuentos de viejas... —murmuró.

—Cuentos de viejas —repitió una voz tras ella—. ¿Y qué sabemos las viejas? Nada de nada.

Dana se dio media vuelta y vio a una anciana, pequeña y encorvada, sentada en un banco al sol. A la chica le extrañó no haber reparado antes en ella.

—¿Usted no me tiene miedo? —preguntó con una sonrisa.

La anciana sonrió maliciosamente.

—¿Y por qué habría de tenértelo? Por la voz deduzco que no eres más que una jovencita.

Dana advirtió entonces la mirada perdida de los ojos de la mujer: era ciega. La muchacha se acercó a ella.

—¿Qué saben las viejas? —preguntó suavemente—. Seguro que mucho más que los jóvenes.

La anciana sonrió de nuevo.

—Buscas al unicornio —dijo—. No sé por qué has venido aquí, entonces. Todos saben que vive en el bosque, y que habita en el valle desde mucho antes de que el ser humano pusiera los pies en él. O al menos es lo que contaba mi madre, y la madre de mi madre, y la madre de la madre de mi madre.

—¿Es cierto que sólo puede vérsele las noches de plenilunio?

—Eso no lo sé. Dicen que los unicornios sólo pueden ser vistos por doncellas puras y que, aun así, sólo se dejan ver en contadas ocasiones. Pero es posible que bajo la belleza de la luna llena se vuelvan descuidados.

Dana reflexionó un momento. Después se volvió de nuevo hacia la anciana ciega.

—Pero el bosque es muy grande —dijo—. ¿Hay alguna zona en concreto donde habite el unicornio?

—Todo el bosque es su territorio: ni los hombres ni los lobos lograrán arrebatarle un palmo mientras él viva allí.

Dana se estremeció al oír nombrar a los lobos.

—Pero tú no debes tener miedo —prosiguió la anciana—. Seguro que eres una aprendiza de talento; de lo contrario, no vivirías en la Torre.

Dana se sobresaltó, y balbuceó algo. La mujer sonrió por tercera vez.

—¿Creías que no te había reconocido? Recuerdo cuando viniste al pueblo hace cinco años acompañando al viejo hechicero. Entonces no eras más que una niña, pero nunca olvido una voz por mucho que cambie, y por muchos años que pasen. Una voz siempre tiene algo, un timbre, un tono, que la define como única.

Dana no sabía qué decir. Finalmente preguntó:

—¿Qué más sabe del Maestro?

La mujer ladeó la cabeza.

—Sé lo que sabemos todos en el pueblo. Lo que sabe también él —señaló la sombra del bosque a lo lejos—. Y lo que saben los lobos.

—¿Lo que saben los...?

—¿Con quién hablas?

Dana se giró rápidamente. El niño llamado Nicolás la observaba con curiosidad desde una ventana baja.

—Hablaba con... —Dana señaló el banco bajo el árbol, pero se quedó con el brazo en el aire.

Allí no había nadie.

Dana lanzó una exclamación y miró hacia todos los lados. Ni rastro de la anciana ciega.

El niño soltó una risita.

—No creo que tú seas una bruja —dijo—. Creo más bien que estás chiflada, tú y ese viejo loco que vive en la Torre.

Enmudeció al sentir una mano que aferraba su hombro y tiraba de él con fuerza hacia el interior de la casa. Dana oyó cómo desde dentro lo reprendía una voz de mujer. Enseguida asomó por la ventana el rostro de la madre, pálido y severo.

—No me importa lo que hagáis allá en la Torre —le dijo a Dana—, pero éste no es lugar para brujos. Márchate de este pueblo y no vuelvas a acercarte a mi hijo.

Dana iba a replicar, dolida, pero entonces recordó los consejos de Kai, y no dijo nada.

Abandonó el pueblo montada en Lunaestrella, más confusa y perdida que antes. Cuando divisó la Torre al atardecer, Kai aún no había logrado hacerla sonreír. El episodio de la vieja ciega la había trastornado, y en su mente resonaba, sin piedad, la voz del niño del pueblo: «Estás chiflada...».

En los días siguientes, Dana anduvo distraída y encerrada en sí misma y en pensamientos que no compartía con nadie más, ni siquiera con Kai. El plenilunio se acercaba, y ella aún no había decidido si valía la pena arriesgar su vida por algo que no sabía si era real.

¿Y si estaba loca y veía cosas que no existían? ¿Y si Kai, la dama prisionera y la anciana del pueblo habían sido producto de su imaginación?

No avanzaba en sus estudios, y se equivocaba constantemente a la hora de realizar hechizos sencillos. El Maestro lo notó, pero no le dijo nada, y las dudas de Dana aumentaron más aún.

La que no se calló lo que pensaba fue Maritta.

—Hija, nunca pensé que ese elfo larguirucho te sorbiese el seso de esta manera.

Dana sonrió tristemente y negó con la cabeza.

—No tiene que ver con el elfo, Maritta. Ya te lo he dicho muchas veces.

La enana la miró con curiosidad.

—Es un problema más serio —adivinó—. ¿Quieres contármelo? Tal vez pueda ayudarte.

Dana se encogió de hombros. Confiaba en Maritta, claro que sí, pero no la consideraba una persona con la que se pudiera hablar de magia o de visiones. Era algo natural en su raza: los robustos enanos excavaban túneles en la roca, eran mineros y orfebres, y también feroces guerreros. Pero no confiaban ni creían en nada que no pudiesen ver y tocar. Su pragmatismo era proverbial.

Maritta, en términos generales, se ajustaba bastante bien a los patrones que definían su orgullosa raza, la más antigua de las que poblaban la tierra. Pero entonces, ¿qué hacía ella en la Torre, tan lejos de su hogar? Dana nunca se lo había preguntado, pero alguna vez había sentido curiosidad ante la presencia de un enano en una escuela de hechicería.

—¿Qué opinas tú de la magia? —le preguntó.

Maritta la miró, ceñuda.

—¿Por qué me preguntas eso? Sabes muy bien lo que opino: no me gusta. Pero a todo ha de acostumbrarse una.

—Entonces, ¿por qué vives en la Torre? ¿Por qué te trajo el Maestro?

En los ojos de la enana asomó un brillo feroz.

—Vivo en la Torre porque es mi hogar —replicó, malhumorada—. Y ese Maestro tuyo no me *trajo:* yo ya trabajaba aquí cuando él llegó. De esto hace mucho tiempo, niña. Entonces ese viejo chivo no era más que un mocoso imberbe.

Dana se sorprendió. Nunca se le había ocurrido preguntarse cómo o qué había sido la Torre antes del Maestro. Quiso preguntarle más cosas, pero la mirada de la enana seguía echando chispas.

—Son tiempos pasados que no vale la pena recordar —dijo con brusquedad—. Y, si no quieres contarme qué te pasa, no me ofenderé. Al fin y al cabo, es normal. Nadie cuenta con la vieja Maritta.

La muchacha se sintió culpable inmediatamente, aunque en el fondo no acertaba a comprender qué había dicho para molestar tanto a su amiga. Por eso habló casi sin pensar:

—Tengo visiones.

—¡Visiones! —resopló Maritta—. ¿Y eso es todo?

Dana se esforzó por no sentirse ofendida. Sabía muy bien cómo se las gastaba la enana, y con el tiempo había aprendido a no hacer mucho caso de su mal genio.

—Es todo, pero no es poco —dijo—. A veces no distingo lo real de lo imaginario, y, desde luego, no sé si lo imaginario es realmente imaginario, o pertenece a un plano distinto de la realidad.

Enseguida se dio cuenta de que lo había embrollado todo, y miró a Maritta, dispuesta a intentar expresarlo mejor si ella no lo había entendido. Pero la enana estaba seria y pensativa.

—No sé si estoy loca o es que puedo ver cosas que otros no ven —concluyó Dana, resumiendo todas sus dudas.

—No entiendo gran cosa de magia —dijo Maritta—, pero he pasado casi cien años en este lugar y, si algo he aprendido, es que cuando hay magia de por medio todo es posible. Las cosas que siempre habíamos tenido por ciertas ya no tienen sentido, y las más atrevidas quimeras pueden tomar cuerpo. Las leyes naturales se trastocan a voluntad, y no hay punto de referencia. Todo puede ser real o no serlo. En estas circunstancias, ¿quién está loco, y quién no lo está? Yo en tu lugar no me preocuparía por eso. Si vas a dedicarte a la magia, tendrías que aprender a convivir con ello. Y, desde luego, si estuvieses loca no te plantearías si lo estás o no. Los locos no son conscientes de su locura.

Dana asintió, agradecida ante el sabio consejo de la enana.

—Entonces, ¿crees que debería investigarlo?

Maritta se encogió de hombros.

—Los humanos sois curiosos por naturaleza —dijo—. ¿Crees que serías capaz de quedarte sentada sin buscar respuestas?

—No —reconoció Dana—. Necesito saber.

—¡Lo ves! ¡Humanos...! ¿Para qué me preguntas? Sabes muy bien lo que vas a hacer. Lo sabías desde el principio.

Dana sonrió, y se sintió de pronto mucho más alegre y ligera. Estampó un beso en la mejilla arrugada de la enana y subió volando las escaleras. Para cuando llegó a su habitación, ya sabía lo que iba a hacer: buscaría respuestas, y esas respuestas pasaban por encontrar al unicornio.

Su mente bullía de planes. Faltaba muy poco para el plenilunio, y, aunque en realidad no le corría prisa, porque siempre podría esperar al mes siguiente, la impaciencia la embargaba.

El principal problema era salir de la Torre de noche. Dana ya había decidido que, con un buen repertorio de hechizos de ataque y defensa, los lobos no serían obstáculo para ella. Pero el Maestro le había prohibido expresamente salir de noche y, aunque ella no entendía el objeto de semejante prohibición, no se atrevía a desobedecerle.

—Lo principal es no despertar sospechas —le dijo Kai—. Si actúas con normalidad, el Maestro no tiene por qué intentar leer en tu mente; y, si no se entera, no habrá problema.

Dana suspiró. Era una defensa un tanto débil, pero no tenía otra. Lo único que le quedaba era esperar que funcionase.

De modo que durante los días siguientes se aplicó a sus

estudios y fingió que no pasaba nada. El Maestro, que supervisaba su trabajo pese a no hallarse con ella a menudo, lo notó.

—Parece que vuelves a centrarte, Dana —comentó—. Me alegro.

—Tuve ciertas dudas sobre algunos temas —respondió ella sin mentir—. Pero ahora ya tengo las cosas claras.

—Me alegro —repitió el Maestro.

Si Dana no hubiese sido sincera, él lo habría percibido de inmediato.

Por fin llegó la noche del plenilunio. Pese a todos sus esfuerzos, Dana no pudo evitar sentirse alterada todo el día. El Maestro se dio cuenta, y, aunque no dijo nada, la miró largamente a los ojos.

Dana volvió a su habitación comida por la angustia.

—Lo sabe —le dijo a Kai, y le contó lo que había pasado.

—¿Aún piensas salir esta noche?

Dana asintió débilmente.

—Te la vas a cargar —comentó el chico sin piedad.

—Ya lo sé —gimió Dana—. Pero, ¿qué puedo hacer? Si estoy loca, no importa lo que me pase. Y, si no lo estoy, lo estaré dentro de poco como no averigüe qué está pasando aquí.

—Te la vas a cargar —repitió Kai machaconamente.

Dana se volvió hacia él, airada.

—¿Pero tú de qué lado estás? ¿Me apoyas o no?

—Hasta la muerte y más allá —respondió el muchacho, repentinamente serio.

Y, no supo por qué, a Dana no le gustó el tono de su voz.

VII

L A   N O C H E   D E   L O S   L O B O S

*L*A LUNA LLENA YA BRILLABA sobre el Valle de los Lobos cuando Dana se reunió con Kai en el establo. En silencio, ensillaron a Lunaestrella temblando de nerviosismo. De momento todo iba bien, y no parecía que los hubiesen descubierto. Pero Dana sabía que no podía arriesgarse a cruzar todo el jardín hasta la verja encantada; quién sabía si los ojos insomnes del Maestro no vigilaban desde lo alto de la Torre. Por eso la aprendiza ejecutó inmediatamente un hechizo de teletransportación que incluía también a Kai y a la yegua, y al punto aparecieron los tres en un claro del bosque iluminado por la luna.

Una vez allí, Dana no perdió tiempo. Desprendió uno de los saquillos de su cinturón y formó un círculo en el suelo con los polvos que contenía, quedándose en el interior junto con Kai y Lunaestrella, mientras susurraba las palabras de un conjuro de protección. Después se colocó en el centro del círculo con los brazos en cruz, cerró los ojos y giró sobre sí misma con las palmas de las manos muy abiertas. Respiró profundamente y se concentró en el hechizo, mientras dejaba que la energía de la tierra y de la luna fluyese a través de ella y se derramase sobre la yegua y sobre su amigo.

Cuando terminó estaba cansada, pero sonreía. Unos ojos profanos no habrían podido apreciar ningún cambio; sin embargo, su sensibilidad de maga sí percibía la campana de protección que los rodeaba a los tres, y que los defendería de un posible primer ataque, dándole tiempo a Dana para replicar con hechizos ofensivos.

Prácticamente sin detenerse, la muchacha empezó con un segundo hechizo, que el Libro de la Tierra denominaba «Ojos de Gato», para poder ver en la oscuridad. Por suerte no consumía demasiada energía; Dana intuía que necesitaría de toda su magia aquella noche, pero también sabía que no era conveniente delatar su posición con antorchas ni nada que se le pareciera. Y, aunque la luna llena alumbraba mucho, ella prefería tener una visión completa de lo que sucedía a su alrededor.

Terminado el conjuro, Kai sonrió al ver cómo las pupilas de su amiga se dilataban hasta límites insospechados.

—¿Ves bien?

—De maravilla. Yo haré de guía. Pero no sé adónde vamos; el bosque es muy grande.

—Caminaremos simplemente —dijo Kai—, hasta que encontremos al unicornio.

—¿Y si no lo encontramos?

—Lo intentaremos de nuevo el mes que viene, hasta que tropecemos con él.

Dana asintió, conforme. Montaron de nuevo sobre Lunaestrella y se pusieron en marcha.

El bosque estaba tranquilo, y los ocasionales aullidos de los lobos se oían muy lejos. Aun así, Dana no bajaba la guardia mientras recorrían la espesura en silencio. Lunaestrella estaba nerviosa y se movía con indecisión, y la aprendiza, que veía mejor que su montura en la penumbra, la guiaba con firmeza y seguridad. La buena yegua, pese a su inquietud, la obedecía sin cuestionarla.

—Tranquilízala, Kai —pidió Dana; Kai tenía una mano increíble para tratar con los animales.

El muchacho palmeó el musculoso cuello de Lunaestrella y le habló con dulzura. El animal se calmó al instante.

—Eres maravilloso —susurró Dana, y sintió que él la abrazaba por detrás. De nuevo notó que la invadía aquel sentimiento tan intenso, aquel cariño tan especial que con el tiempo había nacido en su corazón, provocado por su mejor amigo. Y, junto al sentimiento, como era habitual, renació en su pecho el miedo y el dolor.

«No puedo enamorarme de alguien a quien no puedo tocar», se recordó a sí misma, y se obligó a mantener la cabeza fría, a mirar al frente y a olvidar que Kai estaba tan cerca que se le aceleraba el corazón.

No volvieron a hablar en mucho rato. Las horas pasaron lentas mientras Dana guiaba a su yegua baya a través del bosque, y los dos hechizos que mantenía activos iban absorbiendo su fuerza gota a gota. Cuando quiso darse cuenta, la chica estaba esforzándose en seguir alerta y luchando contra el sueño y el cansancio que la vencían.

Dana era muy consciente del peligro que corrían. Si llegaba a dormirse, los hechizos se desbaratarían y tendría que rehacerlos de nuevo. Y sus fuerzas no eran ilimitadas.

Estaba a punto de decirle a Kai que le diera conversación para mantenerla despierta cuando, de pronto, Lunaestrella relinchó suavemente y se detuvo.

—¿Qué pasa? —murmuró Dana, intentando despejarse del todo.

La yegua escarbó en el suelo con el casco derecho. Dana fijó su mirada en la maleza, frente a ella. Por encima del lejano sonido de los lobos se oía el rumoroso tintineo de un arroyo.

Los ojos de la aprendiza captaron un levísimo movimiento más allá, de algo parecido a un rayo de luna. El corazón le dio un vuelco. Respiró hondo y enfocó todos sus sentidos hacia aquel lugar; enseguida sintió una súbita e inexplicable alegría, y una oleada de paz y tranquilidad la invadió, barriendo todos sus miedos.

—Lo hemos encontrado —le susurró a Kai—. Es el unicornio.

—¿Estás segura? —preguntó el muchacho, dudoso, aunque en el mismo tono de voz.

Dana no respondió. En aquellos cinco años había aprendido a confiar ciegamente en su intuición. Desmontó y le dijo a Lunaestrella que esperase allí sin hacer ruido. El animal movió las orejas, pero pareció comprender.

Después, la aprendiza se volvió hacia Kai.

—¿Vienes?

El chico asintió. Los dos se deslizaron entre la maleza, sin hacer ruido, hasta el arroyo.

Dana asomó la cabeza con precaución. Un destello atrapó su mirada y, cuando volvió los ojos hacia allá, sintió que el corazón iba a estallarle de emoción.

El unicornio bebía agua del arroyo. Era blanco como la nieve y como la espuma del mar, no mucho más grande que un poni, pero infinitamente más bello y elegante. Sobre su largo cuello se desparramaba una crin blanca y suave, que parecía reflejar la plateada luz de la luna. Su larga cola de león batía el aire con calma, y su delicado cuerpo se sostenía sobre cuatro finas patas que acababan en pequeños cascos hendidos, como los de una cabra.

Pero lo más hermoso era su cuerno; largo y firme, parecía estar hecho de una aleación de plata, cristal, marfil, rocío y luz de luna. Emitía un suave resplandor argentino que alumbraba la penumbra y desafiaba todas las tinieblas de la tierra.

—Es... —musitó Dana.

—Es un milagro —concluyó Kai.

El unicornio alzó la cabeza, y Dana descubrió que lucía una pequeña barba que señalaba su condición de macho. Iba a comentárselo a Kai, cuando vio que la criatura fijaba sus ojos en el lugar donde ellos estaban.

Dana sintió que se le cortaba la respiración. Los enormes ojos del unicornio semejaban pozos sin fondo, llenos de una sabiduría que estaba más allá del conocimiento de los mortales. Cargados además de una honda comprensión, parecían llegar a verlo todo, hasta los pensamientos más ocultos y los sentimientos más profundos.

—Nos ha visto —susurró Dana.

Entonces el unicornio dio media vuelta y se perdió en la oscuridad.

—¡Hemos de seguirlo! —dijo Dana con urgencia, y se metió en el arroyo, sin importarle que se le mojaran las botas. Kai la siguió sin vacilar.

Pronto encontraron el rastro del unicornio. La mágica criatura se movía suave y sigilosamente por la espesura, y los dos podían ver a lo lejos el reflejo de su blanco lomo.

Dana tuvo una súbita inspiración.

—Nos está guiando —dijo.

—¿Qué?

—Nos está guiando. Si quisiera escapar de nosotros ya lo habría hecho. Quiere que lo sigamos.

—¿Tú crees?

—¿Por qué si no iba a permanecer tanto tiempo bajo la mirada de un mortal?

Kai consideró la respuesta mientras Dana seguía abriéndose paso por la maleza, con los ojos fijos en la sombra del unicornio. Ante la presencia de aquel ser de leyenda, ninguno de los dos oía ya los aullidos de los lobos, que sonaban escalofriantemente cerca.

De pronto, Dana y Kai perdieron de vista al unicornio.

—¿Dónde está? —preguntó Kai a su amiga, pero ella sacudió la cabeza mientras sus ojos de gato escrutaban la oscuridad.

—Lo hemos perdido —murmuró, y apretó los dientes.

Antes de que Kai pudiera detenerla, echó a correr entre la maleza. El conjuro de visión nocturna no duraría mucho más. Tenía que volver a encontrar al unicornio.

Por eso no hizo caso de las llamadas de Kai, y apenas oyó el lejano relincho histérico de Lunaestrella, al otro lado del arroyo. Si su mente no hubiera estado tan obsesionada con el unicornio, se habría percatado de que algo marchaba muy mal.

Pero a Dana la angustiaba la idea de perder el rastro de la criatura y no volver a encontrarla. Corría abriéndose paso por la espesura, con sus ojos mágicos abiertos de par en par y atentos a cualquier destello plateado que le delatase la presencia del unicornio, sin importarle que las ramas le arañaran la cara, que los espinos se clavaran en sus rodillas, que sus pies tropezaran con las raíces una y otra vez.

Hasta que, a lo lejos, creyó ver una destellante luz azulada, y corrió hacia allí. Desembocó en una abertura entre los árboles, más allá de la cual uno de los múltiples arroyos que surcaban el bosque formaba un remanso. Dana pronto descubrió su error: el brillo no era más que el reflejo de la luz de la luna sobre el agua. Su visión nocturna la había engañado, y eso significaba que la magia del hechizo se iba agotando.

Dana se inclinó sobre el remanso y sus dedos rozaron el agua. Tenía que admitirlo: le había perdido la pista al unicornio.

Golpeó el agua con rabia. ¡Había estado tan cerca!

Sus oídos captaron, quizá por primera vez desde que viera al animal, la terrorífica sinfonía de los aullidos de los lobos que resonaban en el valle, y recordó que había dejado atrás a Kai y Lunaestrella.

Se incorporó rápidamente, reprochándose a sí misma su imprudencia. Debía volver enseguida, antes de que el conjuro «Ojos de gato» se desvaneciese por completo. Pese a estar falta de energías, usó la teletransportación para materializarse en el claro donde había dejado a Lunaestrella.

Pero, al mirar a su alrededor, descubrió que la yegua no estaba allí.

Lo que sí vio con terrible claridad fue una multitud de pares de ojos que la observaban desde la oscuridad. Oyó los gruñidos de los lobos, y supo que no tenía mucho tiempo. Pronto los animales se repondrían de la sorpresa de ver aparecer a alguien de la nada y no se contentarían con espiar desde la espesura.

Podía regresar a la Torre, pero no pensaba marcharse de allí sin Kai y Lunaestrella. La aprendiza respiró hondo y sondeó la energía emanada por los lobos; con gran sorpresa por su parte, descubrió mucho más que simple necesidad de comer o de defender su territorio. Había en ellos rabia, odio, furia... una mezcla de sensaciones que Dana nunca habría creído posibles en seres irracionales. Percibió además otro detalle que le llamó la atención, pero no sabía qué era exactamente y, además, no tenía tiempo para averiguarlo.

A pesar de que su instinto le chillaba que aquellos lobos no eran normales, y que debía escapar de allí mientras pudiera, Dana realizó el primero de los hechizos que tenía preparados.

Una bola de fuego estalló en el aire, iluminando el claro. Era pequeña; se trataba de uno de los primeros hechizos del Libro del Fuego, que Dana no controlaba aún y que probablemente no sería muy efectivo; pero la muchacha confiaba en que serviría para ahuyentar a los lobos.

Se equivocó. Cuando el resplandor de la bola de fuego se extinguió, los animales no parecían muy impresionados, y sus gruñidos aumentaron en intensidad.

Pero Dana ya preparaba su siguiente hechizo. Gritó las palabras mágicas en lenguaje arcano, alzó los brazos y dejó que la energía fluyera a través de ellos. Una onda azulada se expandió por el claro en el mismo instante en que algunos lobos ya saltaban sobre ella. Todos aquellos que rozaron el rayo quedaron congelados al instante.

Dana no tuvo tiempo de felicitarse por su éxito. Los otros lobos, sin amilanarse lo más mínimo, avanzaban hacia ella con los ojos relucientes, el vello erizado y enseñando unos mortíferos colmillos.

Dana respiró, alterada. Estaba muy cansada. Una parte de ella le gritaba que se teletransportara a otra parte, de vuelta a la Torre o de vuelta a la granja, lejos, muy lejos; pero ella no podía dejar atrás a Lunaestrella. Sólo necesitaba espantar a los lobos o distraerlos el tiempo suficiente como para salir del claro e ir en busca de Kai y de su yegua.

De modo que empezó a trabajar frenéticamente, lanzando

conjuros a toda velocidad, uno tras otro. Olas de hielo, pequeños seísmos, rayos, tornados... incluso convirtió a varios lobos en piedra, y llegó a conjurar a un par de árboles para que cobraran vida y atraparan a algunos otros entre sus ramas y raíces.

Pero seguían apareciendo más y más, y Dana se preguntó de dónde vendrían tantos.

Cuando lo descubrió, un terror irracional la paralizó por un brevísimo instante. No eran más: eran los mismos. Inexplicablemente, los lobos congelados, calcinados o petrificados volvían a la vida al cabo de unos minutos. Su magia estaba fallando, o no les afectaba, o...

—¡Esto no es posible! —chilló la aprendiza, y siguió lanzando rayos y ondas de hielo a su alrededor, y los lobos siguieron cayendo para volver al ataque momentos después.

Dana supo que tendría que huir, o moriría. Pero se negaba a abandonar a Kai y Lunaestrella en el bosque. Probablemente Kai no corría peligro, pero la yegua...

«Aún puedo aguantar un poco más», se dijo Dana, ignorando el agotamiento.

No muy lejos, en lo alto de la Torre, el Maestro contemplaba el curioso despliegue de destellos luminosos procedente de algún punto perdido en el bosque. El helado viento nocturno sacudía su túnica y le azotaba el rostro, pero él no parecía notarlo. Sus ojos grises estaban clavados en el lugar donde su alumna luchaba por su vida.

A su lado se erguía Fenris, el alto hechicero elfo. Sus ojos almendrados también escudriñaban el bosque. La legendaria visión nocturna de los elfos le permitía observar los estallidos de magia con más claridad; y, aunque ni siquiera él alcanzaba a distinguir lo que pasaba bajo la sombra de los árboles, los dos podían adivinarlo.

—No sobrevivirá —dijo el elfo.

El Maestro no respondió. Seguía observando el espectáculo, con cierta chispa de esperanza en sus ojos, como si aún creyese que su pupila tenía alguna posibilidad.

Finalmente se volvió hacia Fenris con un profundo suspiro.

—Tráela de vuelta —le ordenó con voz queda.

El elfo no respondió, pero lo miró con fijeza. Había estrechado sus gatunos ojos hasta convertirlos en dos rayas que observaban a su Maestro acusatoriamente. Él fingió no saber lo que estaba pensando Fenris.

—¿Ocurre algo? —preguntó distraídamente.

—No puedo salir de aquí —respondió el elfo suavemente—. No, esta noche.

El viejo mago esbozó una leve sonrisa.

—Sí puedes. Y tienes una hora para traerme a esa díscola chiquilla de vuelta a la Torre.

El mago elfo comprendió. Asintió sonriendo y abandonó las almenas, silencioso como una sombra. Momentos después los cascos de Alide, su hermoso caballo alazán, atronaron por el camino que llevaba al bosque.

El Maestro sonrió de nuevo, complacido ante la elección del alumno. Para teletransportarse al lugar donde estaba Dana, Fenris tendría que haberlo visto primero. Conjurar la imagen de Dana en un espejo mágico o una bola de cristal requería mucha concentración, mucha energía y un tiempo precioso del que el elfo no disponía.

Pero el hecho de que emplease métodos más convencionales para llegar hasta Dana no implicaba que éstos no pudiesen ser mejorados. Las patas de Alide, encantadas con un hechizo del Libro del Aire, corrían más veloces que el viento.

El hechicero elfo no tardaría en reunirse con la muchacha.

Dana oyó los cascos de un caballo que se acercaba, pero procuró no perder la concentración. Estaba centrando sus escasas energías en mantener activa una barrera defensiva que retenía a los lobos a unos escasos tres metros de donde ella se encontraba. Aquello los retrasaría, pero no los detendría.

Justo cuando la barrera comenzaba a resquebrajarse y los lobos ya saltaban sobre ella, Kai y Lunaestrella irrumpieron en el claro.

Dana nunca olvidaría la imagen del muchacho montando en la yegua a pleno galope, el rubio cabello revuelto, los ojos verdes brillando con determinación, el brazo extendido hacia ella.

—¡Agárrate a mí!

Dana sabía —y Kai debería haberlo sabido también, pensó— que sus dedos sólo aferrarían aire, y se preguntó, en una fracción de segundo, por qué él no le tendía la brida. Pero su alivio al ver a su amigo fue tan grande que, instintivamente, alargó la mano para coger la de Kai cuando el chico pasó a su lado como una exhalación.

Sintió un fuerte tirón y, de pronto, sin saber muy bien cómo, se encontró galopando sobre Lunaestrella, detrás de Kai. Trató de agarrarse a la cintura del muchacho y casi perdió el equilibrio: su amigo era tan inmaterial como siempre.

Se aferró bien con las piernas y se sujetó a la silla. Estaba mareada, débil y muy cansada, y el sueño se apoderaba de ella rápidamente. Tanto su cuerpo como su mente necesitaban reponerse del excesivo despliegue de magia realizado.

—¿Cómo lo has hecho? —bostezó—. ¿Cómo has podido?

—¡No hay tiempo! —la cortó Kai, echando un rápido vistazo hacia atrás—. ¡Sácanos de aquí!

Dana luchó por despejarse y siguió la dirección de su mirada: los lobos los seguían muy de cerca. Inspiró, evocó las palabras del hechizo de teletransportación y chasqueó los dedos.

Nada sucedió.

Confusa y aterrada, Dana lo intentó una y otra vez. ¡No funcionaba!

—¿Pero qué diablos pasa hoy? —exclamó, asustada—. ¡No me...!

—¡Olvida eso! Volveremos cabalgando. ¡Necesitamos una luz!

Dana entendió al instante cuál era el problema. Su yegua había aminorado la velocidad nada más abandonar el claro y entrar en el bosque cerrado. Los «Ojos de gato» de la chica ya hacía rato que habían dejado de funcionar, y Lunaestrella trotaba a ciegas en la semioscuridad, sin un guía fiable.

Dana aún estaba aturdida por el fallo de su hechizo de teletransportación, y no sabía si cualquier otro le serviría, pero debía intentarlo.

Luz... la luz estaba relacionada con los hechizos del Libro del Fuego, que apenas controlaba. Repasó los pocos que ya se había aprendido, y encontró la solución: invocaría a un fuego fatuo para que la guiara en la oscuridad.

Pronunció las palabras y contuvo el aliento. Y enseguida apareció frente a ella una criatura voladora, muy pequeña pero de intenso brillo. Si uno se fijaba, podía distinguir las formas de una personita diminuta que ardía dentro del círculo de luz.

—¡A la Torre! —ordenó Dana, sorprendida y aliviada de que hubiera salido bien.

El fuego fatuo rió y se apresuró a colocarse en cabeza. Kai guió a la yegua detrás de la pequeña pelota de luz, mientras los lobos ya casi los alcanzaban.

Dana se giró sobre la grupa de Lunaestrella y realizó otro hechizo. Inmediatamente, su mano izquierda brilló con un resplandor azulado. La dirigió hacia sus perseguidores más cercanos, y de ella salió un rayo de hielo que congeló a todos los lobos que encontró en el camino. Por lo que Dana había comprobado, no se quedarían congelados mucho rato, pero eso los detendría y le daría cierta ventaja. Siguió por tanto atacando con su rayo gélido, mientras se aferraba a la silla de Lunaestrella con la otra mano.

Pronto comprobó que tenía otro problema añadido. Si bien la creación de un fuego fatuo era algo relativamente sencillo, no lo era tanto controlar a la alocada criatura. El geniecillo volaba en la dirección correcta, pero a menudo rebotaba contra árboles y arbustos y, allí donde rozaba la maleza se despedía una chispa que podría estallar en llamas rápidamente.

Dana lo sabía, y sabía también que un incendio en el bosque sería un desastre irreparable. Por eso procuró centrar su atención también en el fuego fatuo, dirigiendo su rayo de hielo allí donde la criatura había dejado su candente y peligrosa marca.

Al principio todo fue bien. Lunaestrella, guiada por Kai, avanzaba a trote ligero por el bosque, mientras Dana mantenía a raya a los lobos que los seguían y controlaba el vuelo en zigzag del fuego fatuo. Pero pronto notó que las fuerzas le fallaban; no era tan fácil atender a dos hechizos a la vez.

Se estaba preguntando cuánto tiempo más podría resistir cuando sucedió algo que resolvió todas sus dudas. Al volver el rayo de hielo hacia adelante para apagar una chispa que su guía había prendido en la maleza, fue demasiado rápida y rozó levemente al fuego fatuo. Eso bastó para que el pequeño ser incandescente cayese al suelo congelado.

Privada súbitamente de luz y con los lobos pisándole los talones, Lunaestrella no escuchó más las palabras tranquilizadoras de Kai, y se encabritó. Se alzó de manos con un aterrado relincho; Dana y Kai cayeron sobre los arbustos, y el asustado animal se perdió al galope en la oscuridad.

Dana se levantó de un salto, algo aturdida, y rápidamente elevó una barrera protectora. Sabía que no resistiría mucho, pero le permitiría ganar algo de tiempo.

Examinó rápidamente la situación. La luz de la luna que se filtraba entre los árboles no era suficiente, aunque su mano izquierda aún emitía un suave resplandor azulado: el hechizo del rayo de hielo todavía funcionaba.

Lo usó para congelar a algunos lobos que se acercaban gruñendo y vio por el rabillo del ojo que Kai ya se había puesto en pie, y se erguía junto a ella, silencioso.

—No podemos hacer nada por la yegua —susurró el chico—. Prueba otra vez a sacarnos de aquí.

Dana obedeció, y de nuevo le falló el hechizo.

—Kai —dijo lentamente, al ver que el círculo de lobos se estrechaba cada vez más—. Estamos perdidos.

Él no contestó. Sus ojos estaban fijos en el brillo de los colmillos que los rodeaban, pero su mano buscó la de ella, y la oprimió con fuerza. Dana se estremeció una vez más ante aquel contacto incorpóreo.

Un par de lobos se adelantaron, y Kai se interpuso entre ellos y Dana. Ella se sintió conmovida ante aquel gesto, pero se preguntó, inevitablemente, cómo pensaba protegerla su amigo inmaterial.

Súbitamente se oyó un enorme estallido y una bola de fuego irrumpió en la escena, una bola de fuego que volaba en zigzag como un fuego fatuo, pero que no era un fuego fatuo. Como si tuviera voluntad propia, iba de lobo en lobo, y todo aquel al que rozaba ardía en llamas.

Una melodiosa pero potente voz pronunció las palabras de otro conjuro, y una jauría de enormes perros se lanzó sobre los lobos. A la luz de las llamas, Dana vio que no eran perros, sino espectros de perros, hechos de sombra helada, y con los ojos ardientes como brasas. La aprendiza sabía que era un hechizo muy por encima de su nivel, y buscó con la mirada a su salvador.

Entre los árboles destacaba la túnica roja de Fenris, el mago elfo.

Dana pensó que nunca encontraría palabras para agradecérselo, de modo que corrió hacia él y se colocó a su lado sin decir nada. Volvió la cabeza para asegurarse de que Kai la había seguido, y se tranquilizó enseguida al verlo a su lado. Miró a Fenris, que había bajado los brazos y contemplaba la batalla entre los lobos y los perros fantasmales con expresión seria.

—Vámonos —dijo—, y corre todo lo que puedas.

A Dana no le quedaban muchas fuerzas, pero obedeció,

consciente de que Fenris no podría realizar ningún otro hechizo mientras tuviese que controlar a los espectros.

—Pero los lobos no podrán con ellos —objetó sin embargo; los espectros de sombra eran seres terribles y poderosos, en cualquiera de las formas que tomaban.

El elfo negó con la cabeza, y Dana vio un destello de temor en sus ojos rasgados.

Su cabeza bullía de preguntas, pero no dijo nada más. Sólo corrió y corrió, deseando que pronto acabara aquella pesadilla.

Por fin llegaron a la linde del bosque. Dana vio que Alide los estaba esperando junto al arroyo; el fiel animal había obedecido a su dueño, pero piafaba y escarbaba en el suelo con los cascos, mientras fijaba sus aterrorizados ojos en la sombra del bosque.

Los aullidos de los lobos volvían a sonar peligrosamente cerca.

—¡Los espectros no han acabado con ellos! —profirió Dana, pasmada.

—Sólo los han entretenido —dijo Fenris, y su armoniosa voz sonó más ronca de lo habitual.

Dana lo miró. Había algo extraño en él. Quizá era el brillo amarillento de sus ojos, quizá su pesada respiración. Se frotó los ojos; estaba muy cansada. Fenris la empujó suavemente hacia el caballo alazán.

—Sube y vuelve a la Torre —le ordenó, y la frase acabó en una especie de gruñido.

Dana estaba demasiado agotada como para sentir curiosidad, pero su sexto sentido le dijo que algo no marchaba bien del todo.

—¿Tú no vienes? —preguntó mientras montaba sobre el lomo de Alide.

Fenris sacudió la cabeza y se volvió sólo un momento para mirarla. Dana apreció algo extraño en su rostro, pero no tuvo tiempo de darse cuenta de lo que era, porque el elfo dio una fuerte palmada en la grupa del caballo y éste no necesitó más para salir disparado hacia las montañas... y hacia la Torre.

Dana se volvió rápidamente, reticente. No quería dejar al elfo atrás.

Y entonces vio algo que le llamó la atención, algo que tenía que ver con el mago y con los lobos que salían del bosque, algo que no encajaba del todo...

Pero Alide seguía galopando, y Dana enseguida perdió de vista al hechicero elfo y se centró en el paisaje que se abría ante ella.

El camino más corto hasta la Torre habría sido atravesando el bosque, pero Fenris había preferido salir de él cuanto antes, y ahora a Dana le esperaba una larga cabalgada bordeando la espesura hasta la explanada.

Pero se sentía a salvo. Alide galopaba en campo abierto, los aullidos de los lobos iban quedando atrás y Kai montaba tras ella rodeándole la cintura con sus brazos incorpóreos.

No tan incorpóreos, pensó de pronto, y sonrió. Podía dudar de muchas cosas, pero ahora ya no podía dudar de la existencia de Kai. Un producto de su imaginación no podría haberla rescatado en el claro. Le debía la vida. Bueno, y también a Fenris, pero eso no contaba tanto.

Dana cerró los ojos y dejó que el contacto intangible de Kai la llenase por completo. No era tan sólido como el corcel sobre el que cabalgaba, pero había algo mágico, único, en aquel roce suave como la brisa, dulce y cálido como un rayo de sol.

Se sentía feliz. Intuyó que Lunaestrella se había salvado, y de pronto ya no le importó la dama, ni el unicornio, y ni siquiera temió la reprimenda del Maestro.

Estaba a salvo y con Kai.

Medio adormilada, recordó de pronto qué había visto en el rostro de Fenris antes de montar sobre Alide. «Tengo que decirle a Maritta que se equivoca», se dijo. «A los elfos sí les crece barba.»

Sintiéndose segura sobre aquel caballo que corría como el viento, Dana, agotada, no oyó un aullido que sobrepasaba a todos los demás, un aullido cargado de rabia, pena y dolor, que se elevó hasta la luna llena como una desesperada plegaria. Kai, en cambio, sí lo oyó, y compadeció a la desgraciada criatura que se lamentaba de aquel modo.

VIII

*D*ANA SE DESPERTÓ muy entrada la mañana, cuando el sol estaba alto, y los dorados rayos que se colaban por la ventana jugaban con su rostro y su pelo negro.

La muchacha volvió a la realidad lenta y perezosamente. Qué bien se estaba en la cama, cómoda y caliente. Bostezó y se frotó un ojo.

Y entonces, de pronto, recordó todo lo que había pasado la noche anterior, y sus ojos azules se abrieron de par en par. Se incorporó de un salto, pero una voz calmosa la detuvo:

—Descansa, pequeña. No hay ninguna prisa.

Dana se volvió rápidamente y descubrió que su Maestro estaba allí, observándola, sentado en la silla, con semblante serio. La aprendiza se dejó caer de nuevo en la cama, desalentada. El Amo de la Torre lo sabía todo y, sin duda, la castigaría por su desobediencia.

—Lo siento —murmuró.

El Maestro sonrió levemente.

—Tu pequeña travesura ha estado a punto de costarte muy cara, Dana.

Ella cerró los ojos. Las imágenes de pesadilla de la noche anterior volvieron a asaltar su mente. Los lobos, los aullidos, la magia que le fallaba, la sensación de agotamiento, la terrible huida a través del bosque, el fuego, el hielo, los espectros de sombra...

—No impongo normas a capricho, muchacha —prosiguió el Maestro—. Te dije que era peligroso adentrarse en el bosque por la noche. Los lobos de este lugar no son como los demás, y ni siquiera una aprendiza aventajada como tú es rival para ellos.

Dana abrió rápidamente los ojos.

—No les afecta la magia —recordó—. ¿Por qué?

—El conocimiento es algo que va parejo a la capacidad de un mago. La historia de los lobos de este valle ya la conocerás algún día, cuando estés preparada para entenderla. Por el momento, debe bastarte saber que nunca podrás vencerlos. Tal vez a partir de ahora te lo pienses dos veces antes de volver a hacer algo así.

El Maestro se levantó y se dirigió hacia la puerta.

—¿No vais a castigarme? —preguntó Dana cautelosamente.

Él le dirigió una breve mirada.

—Estoy seguro de que ya has recibido tu castigo —dijo—. No será una noche que olvides fácilmente —hizo una pausa y después concluyó—: Ni tampoco los remordimientos por haber arriesgado inútilmente la vida de Fenris.

El nombre estalló como un latigazo en los oídos de Dana y, como el Maestro había previsto, enseguida empezó a sentirse culpable. El mago elfo había tenido que correr a rescatarla en mitad de la noche, y... ¿se había quedado en el bosque?

—¿Cómo está? —preguntó ansiosamente al hechicero, antes de que éste abandonase la habitación.

El Maestro no respondió enseguida.

—Se recuperará —dijo finalmente—, aunque está agotado. Ha sido una prueba muy dura para él.

Dana se hundió bajo las sábanas. ¡Qué estúpida había sido!

Cuando el Maestro se hubo marchado, Dana se quedó un momento más en la cama. Se arrepentía profundamente de haber desobedecido una de las pocas normas que regían la Torre. En su arrogancia, había pensado que sería capaz de vencer a los lobos del valle. Se sentía muy mal por ello.

Pero de pronto recordó a Lunaestrella, y se levantó de un

salto. Tenía que averiguar si la yegua había sido capaz de volver a la Torre. Se estiró junto a la cama. Se notaba entumecida y hambrienta, pero también sentía que había recuperado las fuerzas. Se vistió con su túnica violeta, se lavó la cara y salió de la habitación.

Bajó la escalera de caracol a todo correr y se plantó en el establo en un santiamén. Se asomó con prudencia, temerosa de descubrir que Lunaestrella no estaba allí, pero pronto sus temores se esfumaron: la yegua baya se hallaba comiendo tranquilamente junto a Alide y Medianoche.

Dana se sintió inmensamente aliviada y corrió a saludarla. Le habló con cariño, le limpió los cascos, le peinó las crines y le cepilló el pelo. Después le prometió que le traería unos terrones de azúcar en compensación por el susto pasado y, con esa intención, fue a la cocina.

Maritta se volvió inmediatamente al oírla entrar. Su rostro arrugado mostraba una profunda alegría.

—¡Niña! —exclamó—. ¡Mi niña!

La abrazó con tanta fuerza que Dana temió que fuera a partirla en dos. Sin embargo, no se le ocurrió quejarse: la emocionaba el cariño de la enana.

Pero inmediatamente Maritta volvió a adoptar una expresión severa.

—¡Menudo disgusto nos has dado a todos con tu travesura! —la riñó.

Ella se frotó la nariz, avergonzada.

—Lo siento —farfulló—. ¿Así que ya te han contado mi escapada de anoche?

—¿Anoche? —se burló Maritta—. Llevas cinco días durmiendo, corazón.

Dana se quedó sin habla.

—Sí —confirmó la enana—. Cinco días. Ya me tenías preocupada.

—Con razón tengo tanta hambre —murmuró la chica, echando un ávido vistazo a una fuente de bollos recién hechos que reposaba sobre la mesa.

—Come —la invitó Maritta al advertir su mirada, y Dana no necesitó que se lo dijera dos veces—. Parece que volviste cansada de tu excursión.

—Cansada no, exhausta —puntualizó la aprendiza entre bocado y bocado—. Me enfrenté con una manada de lobos muy raros. ¡Tendrías que haberlos visto! Los ataqué con todo lo que tenía: fuego, hielo, rayos, piedra... y al principio funcionaba, pero luego se desbarataba todo. ¡Los lobos resucitaban y volvían a la carga una y otra vez! ¡Y cada vez venían más!

Los ojos de Dana se habían abierto como platos mientras explicaba su aventura.

—¿Valió la pena? —preguntó Maritta suavemente.

—¿Qué quieres decir? Fenris casi muere por mi culpa. Yo no...

—No es eso lo que te estoy preguntando.

—No entiendo.

—Es evidente que fuiste allí por algo. Sólo quiero saber si encontraste lo que habías ido a buscar.

La imagen del unicornio llenó la mente de Dana, y su semblante se dulcificó.

—Oh, sí —dijo—. Era tan bello... Maritta, si hubieras visto...

Pero la enana la interrumpió con un gesto impaciente.

—Te sirvió a ti y es lo que importa.

Dana reflexionó. Hasta aquel momento, nadie le había preguntado las razones de su desobediencia, y se dio cuenta de que, más que un posible castigo, todo el rato había estado temiendo que el Maestro la obligara a responder a una sencilla pregunta: «¿Por qué?».

Una perturbadora idea la asaltó entonces: ¿y si el Maestro no le había preguntado nada porque ya lo sabía todo? ¿Y si había leído sus pensamientos y sabía que iba en busca del unicornio porque había hablado con...?

Dana gimió y enterró el rostro entre las manos.

—No sufras, niña —dijo Maritta—. Lo pasado, pasado está.

La muchacha miró a su amiga y sintió de pronto unos vivos deseos de contarle todo lo que sabía. Pero la enana había vuelto a su quehacer y no parecía tener ganas de reanudar la conversación.

De modo que Dana se despidió de ella, cogió el azúcar del bote y fue al establo a dárselo a su yegua. Después subió de nuevo las escaleras. No tenía ganas de ponerse a estudiar el Libro del Fuego por el momento, así que fue en busca de Kai, y lo encontró en su habitación.

—Buenos días, princesa —sonrió él al verla entrar—. Has dormido mucho.

Dana hizo una mueca.

—Eso me han dicho. En realidad no me sorprende; agoté mis energías lanzando rayos y centellas.

Kai sonrió. Se había sentado junto a la ventana, y Dana se reunió con él.

—Valió la pena —comentó ella, recordando las palabras de Maritta—. Encontramos al unicornio.

Kai asintió.

—Ahora ya podemos olvidarnos del asunto y seguir con nuestra vida —dijo.

Dana lo miró asombrada.

—¿Qué dices? ¡Aún no está nada resuelto! No hemos encontrado la respuesta al misterio...

Pero se calló al ver la mirada severa que le dirigió Kai.

—Dana, sé que quedan muchas preguntas por responder —le dijo—. Pero sólo hay una manera de hacerlo: volver el próximo plenilunio para buscar al unicornio y seguirlo hasta donde quiera que nos lleve. Pero eso es muy peligroso, ya lo has visto. Y no merece la pena volver a correr el riesgo.

Dana se había quedado con la boca abierta.

—¿Pero qué dices? Kai, no te comprendo. Tú siempre te arriesgas, siempre lo das todo. No te gusta dejar las cosas a mitad.

Su amigo la miró a los ojos, repentinamente serio, y ella

enmudeció. Nunca lo había visto con una expresión tan severa.

—Escúchame bien. Correr aventuras es emocionante, intenso. Pero nada, ¿me oyes?, nada vale tanto como para dar la vida por ello. Nada. No lo olvides nunca.

Algo dentro de Dana se rebelaba contra sus palabras, pero el tono de voz de Kai era demasiado apasionado como para dejarlo pasar por alto, y la chica intuyó que tenía un buen motivo para hablar así.

—Pero yo quiero saber —protestó débilmente.

Kai suspiró, y siguió mirándola, esta vez con cierta simpatía.

—También yo —confesó—. Pero quizá encontremos respuestas en otra parte. A mí, por lo pronto, me interesaría saber qué pasó con tu magia la otra noche. ¿No dijiste que podrías con los lobos?

—Eso pensaba, pero... ¡esos animales eran tan extraños...! Casi parecían seres racionales.

—Explícate —pidió Kai, intrigado.

—Cuando sondeé sus emanaciones de energía descubrí... no sé, mucho más que furia provocada por el instinto de supervivencia. Parecía... parecían enrabietados por algo en concreto. Parecían clamar venganza.

Se calló de pronto, comprendiendo que aquello que había dicho no tenía mucho sentido. Pero Kai la escuchaba realmente interesado.

—¿Y qué te ha contado tu Maestro al respecto?

—Dice que los lobos del valle no son normales, y que nadie puede enfrentarse a ellos. Y no ha querido contarme nada más.

—A lo mejor el elfo sí lo hace.

Dana le disparó una mirada de reproche.

—No creo que quiera que se lo recuerde, Kai. Se jugó la vida para rescatarme.

—¿Tú crees? A mí me dio la sensación de que controlaba bastante la situación.

—¿Qué quieres decir?

—Cómo, ¿no te acuerdas?

—¿De qué?

—Pues de lo que hacía Fenris. ¿En serio no viste nada que te llamara la atención?

Dana frunció el ceño, tratando de pensar. Evocó paso a paso todo lo sucedido desde la intervención del mago elfo en el bosque. La había ayudado con una especie de bola de fuego zigzagueante, y luego invocando un grupo de espectros de sombra con forma de perro. Después todos habían echado a correr hasta la linde del bosque, donde los esperaba el caballo de Fenris. Él había dicho que montara y que escapara de allí. Ella le había preguntado si no pensaba acompañarla. Y, por toda respuesta, él había palmeado la grupa de Alide para que éste saliera al galope. Y Dana estaba ya demasiado cansada y confusa como para fijarse en nada...

Eso era todo.

—No entiendo qué quieres decir. Volvimos a la Torre montados sobre el caballo de Fenris, y él se quedó a cubrirnos la retaguardia. Pero no noté nada raro.

—No te acuerdas —observó Kai, extrañado—. Los dos miramos hacia atrás en un momento determinado mientras nos alejábamos galopando y...

Hizo una pausa y la miró expectante, pero ella no reaccionó.

—¡Tú lo viste también! —insistió Kai.

—¿Ver el qué? ¡Estoy harta de tus acertijos!

—Tienes lagunas —comentó el muchacho después de un breve silencio; estaba francamente sorprendido y no dejaba de mirarla.

—¿Lagunas?

—Agujeros en la memoria. ¿Cómo es posible? —se inclinó hacia adelante para observarla mejor—. ¿Es algún efecto secundario de la magia?

Dana se sentía molesta ante la insistente mirada de Kai,

pero le preocupaban sus palabras: nunca había oído hablar de nada parecido.

—¿Qué es lo que me he perdido? —quiso saber—. No recuerdo nada anormal.

Kai ladeó la cabeza y no dijo nada. Parecía estar planteándose una idea interesante.

—¿Qué? —insistió ella.

—Tal vez sea mejor así —murmuró su amigo, casi como para sí mismo—. Tal vez sea mejor...

—¿Qué quieres decir? ¿No me vas a contar lo que sabes?

—Es por tu propio bien —explicó Kai rápidamente, al ver que Dana empezaba a enfadarse—. Lo mejor que puedes hacer es olvidar este asunto y no volver al bosque de noche. Puede que la próxima vez no tuvieras tanta suerte.

—¿Pero qué...? —Dana estaba ahora furiosa de verdad—. ¿Me embarcas en esta aventura y ahora dices que lo olvide todo? ¡Odio que me cuentes las cosas a medias! ¿Qué es lo que sabes y que yo no sé?

—Eh, oye, no te enfades —dijo él, cogiéndola cariñosamente por los hombros—. Ya sé que es frustrante, pero lo hago por ti —calló un momento, y después añadió—: No quiero que te pase nada malo. No me lo perdonaría nunca. La otra noche estuviste a punto de morir y... bueno, no quiero tener que volver a pasar por ello.

Dana se calló inmediatamente. La mirada de Kai era tan intensa que la asustó, y más todavía la respuesta que provocó en su interior. Apartó la vista, tan confusa que ya no sabía ni de qué estaban hablando.

—Me voy a estudiar —dijo abruptamente y, liberándose de las manos de Kai, salió del cuarto con precipitación.

Kai la vio marchar, preocupado, pero no hizo nada por detenerla.

Aquella tarde, cuando el sol se hundía tras las montañas, Dana subió por la escalera de caracol que llevaba a la plataforma almenada donde el hechicero elfo solía montar guardia. Había ido allí otras veces, pero siempre por la mañana, para no encontrarse con él, porque no se sentía a gusto en su presencia.

Pero aquel día era diferente.

Se detuvo un momento ante la puerta que llevaba a las almenas. La escalera seguía hacia arriba, pero Dana nunca había ido más allá: eran las habitaciones privadas del Maestro, la cúspide de la Torre. Un lugar prohibido.

Dana dio la espalda a las escaleras y cruzó la puerta para salir al exterior.

Fenris estaba sentado junto a las almenas, mirando hacia el bosque. Su túnica roja caía formando pliegues hasta el suelo. A Dana le llamó la atención, porque era la primera vez que no lo veía de pie en aquel lugar.

Los finos oídos del elfo captaron inmediatamente los pasos de Dana sobre la fría piedra, y él se volvió para mirarla. La muchacha se quedó quieta, sorprendida de verle tan desmejorado. Los hombros de Fenris estaban hundidos, y su piel más pálida de lo habitual; sus ojos almendrados habían perdido el brillo y mostraban unas profundas ojeras.

Fenris parecía cansado, muy cansado. Dana nunca había visto así al orgulloso elfo, y por tanto sólo se le ocurrió una cosa que decirle:

—Lo siento.

Había hablado en voz muy baja, pero Fenris la oyó. Sonrió levemente, asintió y volvió a clavar sus ojos en el horizonte.

—Gracias por salvarme la vida la otra noche —añadió Dana.

El elfo la miró fijamente un momento, como si estuviera decidiendo qué responderle.

—No hay de qué —dijo por fin.

Sin embargo, no parecía muy dispuesto a seguir con aquella conversación. Dana se dio cuenta; pese a ello, hizo un último comentario en voz baja:

—Creí que podría con ellos. Fue una tontería por mi parte, ¿no?

Fenris no respondió. En aquel momento, Dana ya no sentía nada en contra de él. El mago le había salvado la vida y, por lo visto, le había costado caro. Dana estaba dispuesta a perdonarle la indiferencia con que la había tratado aquellos cinco años, a empezar de cero y tratar de ser su amiga.

Pero el elfo seguía sin colaborar. Dana agachó la cabeza. Había subido allí buscando respuestas, aquellas respuestas que Kai le negaba. Pero ahora pensaba que no debería haberlo hecho. Dio media vuelta para marcharse.

—No lo fue —dijo entonces Fenris.

—¿Cómo dices?

—Digo que no fue una tontería. Tú no podías saber que esos animales no son corrientes. Muchos otros han cometido el mismo error: no te culpes por ello

—Pero el Maestro dijo...

—Son más las cosas que no dice que las que dice. Y todos queremos saber.

Animada por sus palabras, Dana se acercó un poco a él.

—Gracias —dijo—. ¿Puedo preguntarte una cosa?

Fenris sonrió.

—¿Puedo impedírtelo yo? —dijo suavemente.

Dana sonrió también. Empezaba a caerle bien el mago elfo.

—¿Qué te ha pasado?

Fenris hizo una mueca de dolor, como si el mero recuerdo de aquella noche le hiciera daño. Dana iba a disculparse de nuevo cuando un aullido estremecedor, proveniente del bosque, desgarró el crepúsculo y ascendió hasta la Torre.

El elfo se levantó de un salto y fijó sus extraños ojos en aquel punto.

—Eso ha sonado demasiado cerca —comentó Dana, con un escalofrío.

—Lo sé —se limitó a responder Fenris.

Durante un rato permaneció quieto, con la mirada clavada en el bosque, muy serio, y Dana se sorprendió al percibir la gran cantidad de energía que despedía el cuerpo del mago, pero no se atrevió a romper el silencio con una pregunta.

Se oyó otro aullido, pero esta vez mucho más lejos. Fenris frunció el ceño.

Minutos después, el silencio volvió a adueñarse del Valle de los Lobos. Entonces el elfo pareció relajarse, e incluso sonrió un poco.

—¿Algún tipo de hechizo? —quiso saber Dana.

—Eres muy curiosa —observó Fenris.

Ella enrojeció.

—Lo siento, yo...

—No te disculpes. Creo que yo también sentiría curiosidad —y la miró de una forma extraña—. Todos tenemos nuestros secretos, ¿no?

Dana sólo podía esquivar aquella indirecta con una nueva pregunta:

—¿Y cuál es el secreto de los lobos del valle?

El elfo esbozó una media sonrisa.

—Fuiste al pueblo el otro día. ¿No te lo contaron?

—A decir verdad, nadie me habló demasiado —suspiró ella—. ¿Desconfiaban de mí en particular o desconfían de todos los magos en general?

—Buena pregunta —admitió Fenris—. Tal vez llegues a descubrirlo algún día.

Dana se sintió frustrada.

—¿Nadie va a responder a mis preguntas en este lugar?

Fenris replicó con una alegre carcajada. Dana lo miró, confusa. Era la primera vez en cinco años que lo veía reír.

—Es el sino del aprendiz —comentó el elfo—. Nadie cuenta contigo hasta que no eres un mago completo. Vives arrastrando el peso de un montón de preguntas sin respuesta.

—Pero no hace mucho tú eras aprendiz también —le recordó ella—. ¿No vas a tener un poco de compasión conmigo?

Fenris inclinó la cabeza, aún sonriente.

—Veré qué puedo hacer. ¿Qué quieres saber?

—¿Qué pasa con los lobos del valle?

El mago se quedó pensativo un momento. Luego dijo:

—Se dice que es por causa de una antigua maldición que pesa sobre el valle, o tal vez sobre la Torre, quién sabe. Esos lobos son criaturas extrañas, no cabe duda. La persona que los hechizó hizo un buen trabajo.

—Esa maldición... ¿tiene algo que ver con el unicornio?

—¿Otra vez el unicornio? Probablemente no son más que leyendas, Dana.

Ella desvió la vista hacia el suelo para que su expresión no denotara lo que sabía. Sin embargo aún preguntó:

—¿Y qué dicen las leyendas?

—Bueno, se habla de un tesoro oculto en el bosque. Se dice que sólo el unicornio conoce el camino para llegar hasta él. Pero la persona que poseyó ese tesoro se encargó de que nadie lo encontrase. Si el unicornio es el guía, los lobos son los centinelas. Todo leyendas, ya te lo he dicho.

—No puede ser tan legendario cuando es tan evidente que no se trata de lobos corrientes —observó Dana con sagacidad—. Tú mismo has dicho que están hechizados.

—Yo puedo ver a los lobos; en cambio, no conozco a nadie que haya visto al unicornio. Es distinto; esa parte de la historia es lo que considero leyenda.

—Está bien, olvidemos al unicornio y centrémonos en los lobos. ¿Qué más sabes de ellos?

—¿Qué más hay que saber? —replicó Fenris, encogiéndose de hombros—. Arremeterán contra cualquiera que invada su territorio de noche. Y probablemente habrían irrumpido en la Torre tiempo atrás, de no ser...

—¿De no ser por tu hechizo? ¿De no ser porque proteges la Torre desde aquí todas las noches? —aventuró Dana; era un dardo lanzado al azar, pero, por lo visto, dio en el blanco, porque el elfo se puso repentinamente serio.

—Mira, puedo contestar tus preguntas, hasta cierto punto —dijo él, y sus ojos de color miel mostraron un cierto destello peligroso. Pero hay cosas que simplemente un aprendiz no debe saber. Y te agradecería que no volvieras a hacerme preguntas sobre mí mismo. No me gusta. Conténtate con eso, Dana.

Se giró bruscamente, dándole a entender que daba por finalizada la conversación.

Dana no tentó más a su suerte. Se despidió de él y, lentamente, volvió a su cuarto. En su cabeza se mezclaban las voces de los habitantes de la Torre.

«Vives arrastrando el peso de un montón de preguntas sin respuesta»... «Los lobos de este lugar no son como los demás, y ni siquiera una aprendiza aventajada como tú es rival para ellos»... «No merece la pena volver a correr el riesgo»... «Todos queremos saber»... «Te sirvió a ti y es lo que importa»... «Nada vale tanto como para dar la vida por ello. Nada»... «El conocimiento es algo que va parejo a la capacidad de un mago»... «Es el sino del aprendiz. Nadie cuenta contigo hasta que no eres un mago completo»... «Puede que la próxima vez no tuvieras tanta suerte»... «Sólo quiero saber si encontraste lo que habías ido a buscar»... «Hay cosas que simplemente un aprendiz no debe saber»... «No quiero que te pase nada malo. No me lo perdonaría nunca»...

Recordando estas palabras, y dándole vueltas a todo lo que sabía, Dana tomó una decisión. De acuerdo, haría caso a Kai y olvidaría el asunto por el momento... pero sólo hasta que estuviera preparada. Preparada para saber.

Cuando fuera una hechicera, podría volver a preguntarle a Fenris, a Kai, incluso al Maestro. Sabría muchas cosas y tal vez tendría la capacidad de mantener a raya a los lobos, como hacía el elfo.

Entonces... volvería a salir en busca del unicornio y descubriría la verdad acerca de la dama de la túnica dorada, los lobos del bosque y la maldición que pesaba sobre el valle.

IX

L A   H U I D A

*L*OS AULLIDOS DE LOS LOBOS volvían a sonar peligrosamente cerca.

—¡Los espectros no han acabado con ellos! —profirió Dana, pasmada.

—Sólo los han entretenido —dijo Fenris, y su armoniosa voz sonó más ronca de lo habitual.

Dana lo miró. Había algo extraño en él. Quizá era el brillo amarillento de sus ojos, quizá su pesada respiración. Se frotó los ojos; estaba muy cansada. Fenris la empujó suavemente hacia el caballo alazán.

—Sube y vuelve a la Torre —le ordenó, y la frase acabó en una especie de gruñido.

Dana estaba demasiado agotada como para sentir curiosidad, pero su sexto sentido le dijo que algo no marchaba bien del todo.

—¿Tú no vienes? —preguntó mientras montaba sobre el lomo de Alide.

Fenris sacudió la cabeza y se volvió sólo un momento para mirarla. Dana apreció algo extraño en su rostro, pero no tuvo tiempo de darse cuenta de lo que era, porque el elfo dio una fuerte palmada en la grupa del caballo y éste no necesitó más para salir disparado hacia las montañas... y hacia la Torre.

Dana se volvió rápidamente, reticente. No quería dejar al elfo atrás.

Y entonces vio algo que le llamó la atención, algo que

tenía que ver con el mago y con los lobos que salían del bosque, algo que no encajaba del todo...

Dana ahogó un grito y manoteó en el aire. Entonces despertó y se dio cuenta de que no estaba en el bosque, sino en su cama, en su cuarto, en la Torre. Tenía el cuerpo cubierto de sudor y el camisón se le pegaba a la piel. Respiraba con dificultad y sentía que el corazón le latía alocadamente.

—Ha sido un sueño —se dijo a sí misma a media voz—. Sólo un sueño.

¿Un sueño? Más bien una pesadilla hecha de retazos de algo que había sucedido un año atrás.

Se sentó en la cama y respiró profundamente. No había logrado olvidar lo sucedido aquella noche, cuando Kai y ella habían salido a buscar al unicornio, y los lobos los habían atacado. Desde entonces, y ante la negativa de Kai de hablar más del asunto, Dana se había concentrado en los estudios y en el Libro del Fuego. Pero no era tan sencillo hacer como si nada hubiera ocurrido. Podía ignorar las apariciones de la mujer de la túnica dorada, pero no podía ignorar los sentimientos que todo aquel asunto provocaba en ella.

Ahora, doce meses más tarde, tenía dieciséis años y se preparaba para presentarse al último examen de su aprendizaje básico, la llamaba Prueba de Fuego. Después, sería una auténtica maga.

Asintió para sí misma, aferrándose a esa idea. Volvió a tumbarse en la cama y cerró los ojos, dispuesta a dormirse de nuevo. Pero entonces, como una mosca inoportuna, una indiscreta vocecilla sugirió en su mente una idea: «¿Los elfos tienen barba?».

Dana abrió los ojos. Qué pregunta tan estúpida. ¿Y qué importaba eso?

Recordó entonces que en su sueño Fenris tenía un aspecto peculiar. Casi involuntariamente reconstruyó las imágenes de la pesadilla, y de pronto comprendió algo con aterradora claridad: no era un sueño, sino un recuerdo recuperado.

Dana se incorporó de un salto, excitada. ¿Era eso lo que Kai había visto aquella noche y ella no había logrado recordar al despertarse días después? ¿De qué se trataba? ¿Y por qué lo recordaba ahora de nuevo, después de un año? Intentó concentrarse y aferrar todos los detalles de aquel sueño: la voz de Fenris, el extraño brillo de sus ojos, el vello que le cubría parte del rostro y...

Lo que había insinuado Kai. Al volver la vista atrás desde la grupa de Alide, Dana había visto —ahora sí lo recordaba, con total claridad— que los lobos rodeaban a Fenris y no hacían nada por atacarlo. Y el elfo... ¿los acariciaba? ¿Como si no fueran bestias asesinas, sino fieles perros de compañía?

Poco después Dana entraba en silencio en la habitación de Kai. En la penumbra vio al muchacho dormido, y, como solía hacer cada vez que se tropezaba con él, apartó de manera mecánica las dudas que le surgían acerca de su identidad. Kai era su amigo, se recordó a sí misma una vez más. Y, como él le había dicho tiempo atrás, no importaba que sólo ella pudiera verle, no importaba quién o qué era él en realidad: siempre estaría a su lado.

—Kai —lo llamó suavemente.

El chico se despertó enseguida.

—¿Dana? ¿Qué haces tú aquí?

Ella ya se había sentado al borde de la cama y lo miraba temblando de excitación.

—He tenido un sueño.

—¿Y vienes a contármelo a estas horas? —protestó él, encendiendo la vela de su mesilla.

—Es importante.

—Habla, pues —suspiró Kai—. Soy todo oídos.

Dana le contó con pelos y señales todo lo que recordaba de su sueño.

—¿A que eso es lo que tú viste aquella noche y yo había olvidado? —concluyó.

Kai no respondió enseguida. Se había despejado del todo, y la había escuchado seria y atentamente. Su expresión se había ido haciendo más sombría a medida que ella hablaba.

—Bueno —dijo por fin, pero no se le ocurrió qué más añadir.

—Fenris tiene poder sobre los lobos —añadió ella, triunfante—. Ahora sé que se trata de una habilidad especial suya, no de un hechizo que cualquiera puede aprender; porque, de lo contrario, esos lobos no serían un problema. ¿Era eso lo que querías ocultarme? ¿Y por qué?

—Está bien, tú ganas —dijo Kai, y se incorporó un poco para mirarla a los ojos—. Tenía miedo, eso es todo. Miedo de que quisieras volver a intentar la excursión al bosque, ahora que sabes...

—... que si vamos con Fenris y él nos protege, podríamos tener una oportunidad —completó ella—. ¿Pero por qué me lo ocultabas?

—Yo no te lo ocultaba —se defendió el chico—. Tú olvidaste una serie de datos importantes.

—Es cierto, los olvidé —reconoció Dana pensativa—. ¿Y por qué? ¿Qué pudo hacer que...?

—Qué o quién —corrigió Kai—. Creo que ya sabes a qué me refiero.

—¿El Maestro? ¿Quieres decir que él me borró la memoria, o...? ¿Y por qué lo haría?

—No lo sé. Lo que no entiendo es por qué ahora vuelves a recordarlo.

—Los hechizos no son eternos. De todas formas, sigo sin entender por qué...

—Para que no volvieras a salir al bosque de noche, probablemente. Quizá para protegerte. Puede que pensara que ni siquiera con la ayuda de Fenris podrías salir con vida si volvías a intentarlo.

—Y tú pensaste eso también. Por eso no me dijiste nada.

—Quiero que me comprendas. No temo nada por mí, pero tú...

—Intentabas protegerme.

—Estuviste demasiado cerca de no volver para contarlo la última vez, Dana. Reconócelo.

Dana calló un momento. Luego dijo:

—Pero tengo que hacerlo. Ahora soy casi una hechicera; si Fenris me acompaña, quizá logre encontrar de nuevo al unicornio y llegar hasta el final.

Kai la miró largo rato. Después dijo con un suspiro resignado:

—Creo que nada de lo que yo diga va a hacerte cambiar de opinión, ¿eh?

Dana se encogió de hombros.

—Bueno, no te asustes. Antes que nada he de hablar con Fenris, y después, ya veremos.

—¿Se lo vas a contar todo?

—¿Y qué otra opción hay? Por lo que sé, no existe otro modo de hacer lo que me pide esa mujer.

—Bueno, vale. En ese caso, te acompañaré.

«En ese caso y siempre», adivinó ella, pero no lo dijo.

—No voy a molestarte más —terminó—. Me vuelvo a mi cuarto. Buenas noches, Kai.

—Buenas noches, Dana.

Días más tarde, Dana invitó al mago elfo a dar un paseo a caballo por el bosque, y él aceptó, intrigado, porque intuía que la muchacha tenía algo que contarle.

Atravesaron el bosque en silencio. Había nevado la noche anterior, y un manto blanco cubría la espesura. Sin embargo, ninguno de los dos pasaba frío: el hechizo térmico del Libro del Fuego era muy sencillo, y ambos sabían cómo mantener su cuerpo tibio por mucho frío que hiciese a su alrededor.

Cuando estuvieron lo bastante lejos de la Torre, Dana refirió a Fenris todo lo que le había pasado desde que la dama se había aparecido por primera vez en su cuarto. Le habló de sus mensajes, de su encargo y del unicornio. Lo único que no mencionó fue la existencia de Kai.

—Dices que viste al unicornio —concluyó Fenris lentamente.

—No te estoy mintiendo. Vi al unicornio y es la criatura más hermosa de la tierra.

El elfo la miró a los ojos, tratando de descubrir la verdad de sus palabras.

—Te creo —dijo por fin—. Seguramente lo viste, porque de lo contrario no estarías tan empeñada en volver a pesar de todo. Porque eso es lo que quieres, ¿verdad? Esta noche es plenilunio.

—Lo has adivinado. Quiero volver a intentarlo esta noche, y sé que tú puedes controlar a los lobos del valle. Es por eso por lo que pasas las tardes... y probablemente también las noches... subido en las almenas, protegiendo la Torre.

El elfo inclinó la cabeza, pero no la contradijo. Sin embargo, era evidente que no le gustaba hablar del tema, por lo que Dana fue directamente al grano:

—Lo que quiero es que vengas conmigo esta noche a buscar al unicornio. Necesito...

—... Mi ayuda para enfrentarte a los lobos —completó Fenris—. Comprendo lo que quieres decir, pero no puedo hacer nada por ti. Preciso algo más para saber que tus visiones son ciertas.

—Pero a ti no te cuesta nada acompañarme esta noche —protestó ella—. No te atacan los lobos.

—¿Y quién cuidaría de la Torre mientras tanto? Lo siento, no puedo ayudarte. No volveré a salir de noche al bosque, y menos en plenilunio. Es mi última palabra.

Dana no se dio por vencida.

—Pues échame una mano para resolver este rompecabezas —pidió—. ¿Quién crees que puede ser la mujer que veo en la Torre?

—No lo sé, pero, por la descripción, una archimaga. Sólo los archimagos llevan la túnica dorada.

—¿Y no sientes curiosidad? ¿No te gustaría saber quién es, de dónde viene, qué quiere?

—Sólo tengo tu palabra, Dana. No voy a romperme la cabeza por algo que sólo tú puedes ver.

Las palabras de Fenris afectaron a la muchacha más de lo que él había previsto.

—No, ya veo —murmuró ella—. Ya sé que estoy loca. Siempre ha sido así.

Espoleó a Lunaestrella y la hizo alejarse hacia lo más profundo del bosque, dejando atrás al elfo.

Él no la siguió. Volvió tranquilamente a la Torre, dejó su caballo en el establo y subió a proseguir con su trabajo en la biblioteca. Después fue a encontrarse con el Maestro en el estudio, para consultarle unas dudas.

Mientras Fenris le preguntaba sobre invocaciones, el viejo hechicero sondeaba sus pensamientos.

—Ha hablado contigo —comentó.

Fenris no vio necesidad de responder.

—¿Crees que volverá a salir en busca del unicornio? —quiso saber el Amo de la Torre.

—No lo sé. Está un poco obsesionada con el tema aunque, desde luego, le he dicho que no cuente conmigo —se estremeció—. Ya tuve bastante aquella vez.

El Maestro sonrió levemente.

—Tardaste más de una hora en volver, querido alumno —le recordó.

—Lo sé —respondió él en un suave susurro.

—De todas formas —añadió el Maestro—, me gustaría saber si es lo bastante osada como para arriesgarse otra vez.

Fenris no dijo nada al principio; después sonrió.

—Entendido —asintió.

Dana daba patadas a las piedras, arrancando del suelo trozos de nieve.

—Condenado elfo —gruñía—. ¿Por qué no querrá colaborar? No debería haber confiado en él: seguro que se lo dice todo al Maestro.

—Si es que él no lo sabe ya —apuntó Kai lúgubremente.

Dana lo miró.

—Tú crees que lo mejor es olvidar este asunto, ¿no?

—Parece lo más sensato y lo más prudente. Además, si el elfo no te ayuda quizá no logres sobrevivir a un nuevo enfrentamiento con los lobos.

Dana se dejó caer al pie de un árbol, desalentada.

—Ojalá nunca hubiera visto a esa mujer —se lamentó—. Ahora ya no sé qué hacer.

—Te comprendo mejor de lo que crees —le dijo Kai, sentándose a su lado—. Aún hay muchas piezas que no encajan, y yo también estoy intrigado.

—Pues tú que sabes tantas cosas podrías tratar de averiguar algo más —le reprochó—. ¿Hay algún otro detalle que no me hayas contado?

—No te pongas quisquillosa conmigo, Dana. Yo no tengo la culpa.

—Ya lo sé, Kai. Pero reconoce que siempre me ocultas cosas. No sé por qué sigo confiando en ti.

—Porque somos amigos, ¿no? —dijo él con seriedad.

—Es cierto —reconoció Dana a media voz—. Y tú eres mucho más que un amigo para mí. Lo sabes.

—Sí, lo sé.

Dana no quiso plantearse hasta qué punto él comprendía sus palabras.

—Ojalá las cosas fueran distintas —añadió Kai, y Dana asintió gravemente.

—Sí, ojalá. Ojalá pudiera tocarte y todos pudieran verte como te veo yo. Me gustaría saber...

Un crujido en la nieve llamó su atención y la hizo erguirse rápidamente y dirigir su mirada hacia el lugar de donde procedía, con expresión alerta.

Fenris se materializó en el claro. Su túnica roja destacaba poderosamente sobre la nieve blanca. Dana quiso creer que acababa de llegar, pero adivinó enseguida, por la expresión seria de él, que llevaba un buen rato escuchando.

—Estabas espiando —lo acusó Dana.

—¿Quién es Kai? —quiso saber el elfo.

—No es asunto tuyo.

La aprendiza estaba realmente furiosa, y Fenris se dio cuenta de ello. Vio también cómo echaba un rápido vistazo a algo o alguien que parecía encontrarse a su lado, pero el mago no vio nada allí.

—Márchate —exigió ella, a punto de estallar.

A Fenris su intuición le decía que había mucho más detrás de aquella conversación suya con la nada.

—Muy bien —aceptó—. Pero tal vez te interese saber algo.

—No quiero saber nada. Déjame en paz. Tú no tienes derecho...

—¿Sabías que «Kai» es una palabra élfica?

Dana se calló inmediatamente y miró a su amigo inmaterial; el muchacho observaba al elfo con una dura expresión en el rostro.

—Veo que no lo sabías —comentó Fenris—. Bueno, por si te interesa, significa «compañero». Algunos magos utilizan esta palabra para referirse a...

—¡No! —gritó Kai, fuera de sí.

—No quiero saberlo —se apresuró a responder Dana, dirigiéndole una mirada preocupada—. Por favor, Fenris, no me cuentes más. Él no quiere que yo lo sepa.

—Comprendo muy bien por qué —murmuró el elfo con suavidad—. Está bien; no debo meterme en lo que no me importa.

—Ya lo has hecho —masculló Kai, malhumorado.

Dana suspiró, profundamente preocupada.

—Kai existe —dijo.

—Imagino que sí —respondió Fenris—. Y eso me lleva a plantearme algunas preguntas inquietantes.

Caminó hasta ella y se sentó a su lado con un movimiento

ágil y elegante. Dana nunca se había fijado, pero en aquel momento descubrió que Fenris se movía con la flexibilidad y sutileza de un gato.

—Esa mujer que ves, y que te habla, ¿es como Kai? —quiso saber el mago.

Dana se pasó una mano por el pelo con nerviosismo. No estaba nada acostumbrada a hablar de Kai. Pese a que aquello era lo que había deseado desde hacía mucho tiempo, ahora sentía que el elfo estaba invadiendo su intimidad.

—No lo sé —dijo por fin—. La imagen de la Dama es a veces tan incorpórea que puedo ver a través de ella. En cambio, a Kai lo veo con tanta claridad y consistencia como te estoy viendo a ti ahora.

Fenris asintió, pensativo. Dana se descubrió a sí misma esperando anhelante que él le dijese de una vez por todas qué estaba pasando. Pero, a la vez, temía que le revelase el secreto de Kai, aquel secreto que su amigo había guardado celosamente durante tantos años, que tanto dolor le causaba y que no podía confesar.

«Él no quiere que yo lo sepa», se recordó a sí misma, y por primera vez pensó: «Sufriría mucho si yo lo supiera». Iba a decirle a Fenris que no quería saber nada más cuando el elfo habló:

—*Kin-Shannay* —dijo.

—¿*Kin-Shannay*? —repitió Dana—. ¿Qué es eso?

—Así llaman en mi tierra a las personas como tú.

El hechicero clavó sus ojos almendrados en los de Dana, y ella percibió en ellos respeto y admiración. Se asustó, y le devolvió una mirada llena de dudas e incertidumbre.

—*Kin-Shannay* —dijo de nuevo el elfo—. Son seres extraordinarios, y en todo el mundo sólo existen un puñado de ellos. Sus poderes pueden llegar a ser casi ilimitados, porque ven mucho más allá, porque su mirada llega más lejos que la del resto de los mortales. Porque son una puerta abierta a otra dimensión.

Dana temblaba violentamente.

—Me estás tomando el pelo.

—Te aseguro que no —los ojos de Fenris seguían mirándola con atención—. Ahora empiezo a entender por qué el Maestro te trajo a la Torre —frunció el ceño—. ¿Sabía qué clase de criatura estaba metiendo en su casa?

—¡No te entiendo! —estalló Dana por fin—. ¡No sé qué quieres decir! ¿Qué es eso de *Kin-Shannay*?

—No puedo decirte más sin desvelar el secreto de Kai, y es obvio que él no quiere que te lo cuente.

—¿Es que acaso puedes verle? —inquirió Dana con los ojos muy abiertos.

—No, pero te he oído hablar con él.

Calló un momento, pensativo, y Dana lo miró con inquietud. El elfo parecía estar dándole vueltas a un asunto importante, y ella no lo interrumpió. Sin embargo, rozó la mano incorpórea de Kai.

—Me trajo a mí para que le permitiera acceder a la Torre, que estaba sitiada por los lobos —musitó Fenris—. Pero, ¿y a ti? ¿Por qué te trajo a ti? La clave está en esa hechicera que habla contigo. ¿Nunca le has preguntado su nombre?

—Cientos de veces. Pero nunca me responde.

—Está relacionada con la Torre, sin duda. Quizá vivió aquí hace tiempo. En cualquier caso, yo no sé quién puede ser.

—Pero tal vez Maritta sí —dijo de pronto Dana; y al ver que Fenris la miraba un poco perdido, explicó—: Maritta, la enana de la cocina. Me dijo que ya vivía aquí mucho antes de que vosotros llegaseis.

—Buena idea —dijo Fenris—. Ve tú entonces a hablar con ella y, cuando vuelvas, trae a nuestros caballos y algunas provisiones.

—¿Caballos y provisiones? ¿Para qué?

—Para ir esta noche en busca del unicornio. Yo me quedaré aquí porque tengo algo que hacer, pero te esperaré al atardecer.

Dana se quedó con la boca abierta.

—¿Vas a acompañarme? —pudo decir por fin, y lo abrazó impulsivamente—. ¡Oh, no sabes lo agradecida que estoy...! ¿Vas a dejar de vigilar la Torre por venir conmigo?

—Qué remedio. Supongo que, en cuanto el Maestro note que los lobos se acercan demasiado, se dará cuenta de que yo no estoy, y vendrá a buscarnos. Pero, mientras tanto...

Dana lo abrazó nuevamente, volvió a darle las gracias y dijo:

—Muy bien; me voy entonces a hablar con Maritta y ya nos veremos aquí de nuevo al caer el sol.

Montó con Kai sobre Lunaestrella, y salió del claro, dejando atrás al elfo sentado bajo el árbol.

Cuando Dana llegó a la Torre, había apartado ya de su mente todas las alusiones de Fenris sobre Kai y los *Kin-Shannay,* fuera lo que fuese aquello. No quería pensar en ello; de momento lo más importante era descubrir la identidad de la dama de la túnica dorada.

Maritta estaba llenando cubos de agua en el patio, y Dana se apresuró a echarle una mano. No le preguntó nada hasta que llegaron a la cocina.

—Necesito que me ayudes, Maritta —le dijo entonces.

Ella clavó en la aprendiza sus ojos oscuros, penetrantes como los de un aguilucho.

—Si está en mi mano lo haré. Dime, ¿qué pasa?

Dana le habló de las apariciones de la dama de la túnica dorada, y se la describió.

—Sé que no te gusta hablar de aquella época —concluyó—, pero quizá la recuerdes si alguna vez vivió aquí... aunque, espera. No hace falta. Es una pista falsa —dijo más bien para sí misma, desalentada—. Eso ocurrió hace mucho tiempo. Ella sería una niña entonces, o no habría nacido. No la recordarás.

Pero el rostro de la enana se había transfigurado rápidamente, adquiriendo la palidez de la cera.

—No puede ser que la hayas visto —musitó—. Ella...

—¿La conoces? —preguntó Dana ansiosamente—. ¿Quién es?

Maritta respiró profundamente. Luego dijo:

—Cuando yo era joven, y de esto hace ya muchos años, la Torre era un centro de sabiduría y erudición, y a ella acudían viajeros y estudiosos de todas las partes del mundo. Las risas y los buenos deseos lo llenaban todo, y entonces los lobos no aullaban de rabia desde las montañas.

Hizo una pausa; sus ojos brillaban, perdidos en las ensoñaciones de una época lejana.

—Y todo giraba en torno a ella, la Señora de la Torre —prosiguió—, la hechicera más poderosa de los siete reinos, la más sabia, la más justa, la más prudente. Todos en la Torre y en el valle la amaban y respetaban. Su nombre era Aonia.

—¿Y adónde fue?

—¿Adónde fue? —repitió Maritta—. Al lugar de donde nadie regresa —sacudió la cabeza con pesar—. Murió hace más de cincuenta años.

Aquella sentencia fue un mazazo para Dana. ¡Había creído tener la respuesta!

—Comprendo —murmuró—. Seguiré buscando. Gracias de todas formas.

Se despidió de la enana y salió de la cocina. Mientras subía a su habitación, no dejaba de pensar en el plan que preparaba para la noche. Se estremecía sólo de recordar su experiencia con los lobos un año atrás, pero se repetía a sí misma que en esta ocasión sería diferente, porque Fenris la acompañaría.

¿Pero por qué había cambiado el elfo de opinión?

—Si vuelves a escaparte quizá el Maestro no te deje regresar —dijo entonces Kai.

Dana se sobresaltó. Casi había olvidado que él estaba a su lado.

—Lo sé —respondió—. Pero creo que vale la pena correr el riesgo, y descubrir quién es esa mujer.

Kai no dijo nada. Dana se volvió para mirarle, mientras ambos entraban en la habitación.

—Tú lo sabes —adivinó, sorprendida—. Todos lo sabéis menos yo. ¿Por qué no...?

Se calló de pronto, comprendiendo.

—Es Aonia —dijo en voz baja.

Kai no habló. Dana se dejó caer sobre la cama, abrumada.

—Pero no puede ser —dijo—. Aonia murió hace más de medio siglo, y los muertos no se comunican con los seres humanos; sólo en algunos casos, cuando los invoca un hechicero de gran poder. Nadie puede hablar con ellos con tanta naturalidad.

Una palabra rebotó entonces en su mente: *Kin-Shannay*. Dana se estremeció. Enterró la cara en la almohada y cerró los ojos, tratando de no pensar. Se habría quedado así para siempre, desconectada del mundo, pero sintió de pronto la mano de Kai sobre su hombro, y un escalofrío le recorrió la espalda.

—Entonces tú... —dijo, volviéndose para mirarle; pero no le salieron más palabras.

En los ojos del muchacho había tanto sufrimiento que Dana comprendió cuán ínfimo era su propio dolor comparado con el de él. Parecía realmente destrozado.

—Tú... eres... —volvió a decir, temblando, pero de nuevo enmudeció.

—Un fantasma —completó Kai, y por sus mejillas inmateriales rodaron dos lágrimas que contenían una infinita tristeza.

Dana jamás lo había visto llorar, y sintió que se le partía el corazón. No dijo nada durante un rato, y finalmente murmuró, rompiendo el silencio:

— Yo... he de decirte algo. Me da miedo, me da mucho miedo todo este asunto. Pero lo que más me asusta, ahora que sé lo que sé... es lo que siento por ti —concluyó en un susurro apenas audible.

Él no dijo nada, pero la abrazó, y Dana cerró los ojos para disfrutar de aquel contacto que era como una mezcla de brisa, sol y agua de lluvia.

—Perdóname —le dijo Kai al oído.

—¿Por qué? ¿Por no decirme la verdad?

—No; por quererte. No debería, ¿sabes? No te he causado más que problemas.

Dana se separó inmediatamente de él para mirarle a los ojos.

—No digas tonterías. Eres... —tragó saliva—. Tú eres la persona que más quiero en el mundo. Me has dado muchas cosas. No sé qué habría hecho sin ti.

Kai sonrió.

—Queda mucho por explicar... —empezó, pero ella le interrumpió:

—Mañana —dijo, y Kai se puso serio, comprendiendo todo lo que implicaba aquella palabra.

Poco antes del atardecer, los dos amigos abandonaron la Torre con Alide y Lunaestrella; Dana utilizó un hechizo de teletransportación para llegar al claro donde había dejado al elfo. Una vez allí, la aprendiza miró atrás. La Torre no era visible desde el claro, pero ella sabía muy bien dónde estaba, y sabía que, tal vez, unos pétreos ojos grises observaban el bosque desde lo alto.

Dana se estremeció. Quizá no volviera nunca a la Torre. Quizá muriera aquella misma noche. O quizá la matase el Maestro con sus propias manos: la principal norma de una academia de Alta Hechicería consistía en que jamás, por ningún motivo, debía un aprendiz volverse contra su Maestro.

Dana suspiró, apartando aquellos pensamientos de su mente, y buscó a Fenris con la mirada.

Lo halló en el mismo lugar donde lo había dejado. Se había sentado en el suelo, sobre la nieve, en medio de un círculo que había formado con diversas plantas, piedras y polvos mágicos. Tenía los ojos cerrados y estaba casi desnudo, a excepción de una especie de taparrabos. Su túnica roja colgaba de la rama de un árbol.

Pero lo que más llamó la atención de Dana fue la expresión de paz y calma que había en el rostro anguloso y eternamente juvenil del elfo.

—Es un círculo de purificación —le explicó Dana a Kai por lo bajo—. Para librarse de los malos espíritus.

—¿Como yo? —bromeó él, pero Dana le dirigió una mirada severa.

—No hagas chistes con cosas serias.

—Tienes razón. Perdona.

Dana se sentó por allí cerca para no interrumpir el ritual de Fenris, y esperó en silencio a que acabara. Estaba nerviosa porque el bosque se oscurecía por momentos, y sabía que el Maestro descubriría su fuga en cuanto el mago elfo no acudiese a las almenas a la puesta del sol.

Pero también sabía que, si el elfo estaba realizando un círculo de purificación, sus razones tendría; y era mejor no molestarlo.

Cuando los primeros lobos aullaban a las primeras estrellas, Fenris abrió los ojos, la miró y sonrió, y Dana no pudo menos que sonreír también. El elfo tenía un aspecto muy gracioso, allí sentado semidesnudo sobre la nieve y tan sonriente; pero en sus delicadas facciones había una profunda paz y armonía interior que resultaban contagiosas.

«Tengo que pedirle que me enseñe a realizar ese hechizo», se dijo Dana. El círculo de purificación estaba sólo apuntado en el Libro del Aire; ella lo había utilizado alguna vez como técnica de relajación, pero nunca le había producido aquellos resultados tan espectaculares.

Aún sonriendo, Fenris se levantó y abandonó el círculo para recuperar su túnica. Dana esperó a que él se vistiera de nuevo y después lo miró fijamente.

—No tenemos mucho tiempo —dijo el elfo, echando un rápido vistazo al cielo—. Guíame.

Dana asintió, inspirando profundamente. Era consciente de que ahora comenzaba lo verdaderamente peligroso y que, tanto si sobrevivían como si no, tanto si regresaban a la Torre como si escapaban de allí para siempre, nada volvería a ser igual después de aquella noche.

De todas formas, ejecutó el hechizo de teletransportación que la llevaría al lugar donde había visto al unicornio por primera vez, un año atrás.

Instantes después el mago, la aprendiza, el espíritu y los dos caballos desaparecieron del claro, y sólo los restos del círculo de purificación quedaron para dar testimonio de que habían estado allí apenas unos segundos antes.

X

EL REFUGIO DEL BOSQUE

*E*N LA PLANTA BAJA de la Torre había trasiego. Maritta se había puesto a limpiar la cocina, y estaba todo patas arriba. Ya había anochecido, pero la enana sabía que le iba a ser imposible dormir. También sabía que ya había hecho limpieza tres semanas atrás, pero no le importaba. Trabajar le impedía pensar.

La cena de Dana seguía intacta sobre la mesa, ya fría. Maritta ya había intuido que aquella noche la aprendiza no bajaría a cenar, pero, aun así, se la había preparado, con la esperanza de que Dana cambiase de opinión en el último momento.

No había sido así. Maritta resopló, y volvió a meter la cabeza en el armario que estaba limpiando. El elfo tampoco había cenado en la Torre; estaba con Dana, y ella no sabía si eso era una buena señal o no lo era. Nunca había confiado en aquel tipo larguirucho con ojos de gato.

Súbitamente el aullido de un lobo rasgó el silencio, y Maritta dio un respingo. Había sonado demasiado cerca. Se estremeció y siguió con su trabajo. Intentaba no pensar, cuando sintió una repentina presencia tras ella.

No se volvió enseguida. Pese a que deseaba que fuese Dana, sabía muy bien que no era así.

—Buenas noches —saludó la voz serena y bien modulada del Amo de la Torre.

—Buenas noches, señor —respondió Maritta, sacando la cabeza del armario.

Se irguió ante él. La diferencia de altura nunca había intimidado a los enanos a la hora de tratar con elfos y humanos. Si bien había pocos de su raza que sobrepasaran el metro veinte, la mayor parte de los enanos eran más fuertes que cualquier elfo, y que la mayoría de los humanos. Maritta pertenecía a un pueblo orgulloso, antiguo y valeroso, cuyos héroes protagonizaban gran cantidad de leyendas épicas. Sabía que ella, pese a su condición femenina, era más fuerte que el viejo Maestro.

Pero había un terreno por el que los enanos no se atrevían a adentrarse: la magia. Por eso Maritta se estremeció de pies a cabeza cuando la sombra del hechicero cubrió la habitación, y bajó los ojos sin atreverse a enfrentarse a él.

El Maestro nunca aparecía por aquella parte de la Torre. La última vez había sido el día de su llegada, casi medio siglo atrás. Maritta recordó cómo el mago, entonces joven y fuerte, había llegado con aquel elfo para volver a ocupar la Torre, que estaba desierta desde la maldición.

Se había sorprendido al encontrar allí a la enana, pero ella había asegurado que no había ningún problema: había trabajado para los antiguos moradores de la Torre, y seguiría trabajando para él.

El Maestro había estado conforme. Simplemente le dijo que no subiera nunca a sus habitaciones y que se abstuviera de tocar objetos mágicos para no provocar algún desastre. Todo aquello no era difícil de cumplir para Maritta, que odiaba subir escaleras y desconfiaba de la magia, de modo que nunca había tenido ningún problema con el nuevo Amo de la Torre. Tal vez por eso él jamás había vuelto a poner los pies en la cocina.

¿Qué hacía él allí ahora?

—Fenris y Dana se han marchado —dijo el Maestro.

«Menuda noticia», pensó Maritta, nada sorprendida.

—Tú sabes adónde han ido —completó el hechicero.

—Y vos también —replicó Maritta sin alterarse.

El mago frunció el ceño y la miró con gesto agrio; ella le devolvió una mirada serena y resuelta.

—Tienes razón —admitió el Maestro finalmente—. Sé dónde han ido.

Maritta asintió y guardó silencio. Después preguntó:

—Entonces, ¿qué queréis de mí?

Un aullido triunfal resonó por los bosques. Varios lobos más corearon aquel grito de victoria.

—Los lobos vienen hacia aquí —dijo el Maestro—, y ahora no habrá nada capaz de detenerlos. Hemos de abandonar la Torre.

—¿Abandonar...? —repitió Maritta sorprendida—. ¿Y adónde...?

—Una vez dijiste que siempre guardarías fidelidad a la Torre y sus habitantes —la interrumpió el Maestro—. Es hora de que lo demuestres, Maritta.

La enana no se sorprendió de que él recordase su nombre. El Maestro podía llegar a los pensamientos y recuerdos más ocultos...

Dana, Fenris y Kai llevaban ya un buen rato aguardando junto al arroyo del unicornio. La luna llena ya mostraba todo su esplendor suspendida en el cielo nocturno.

Dana miró a Fenris, preocupada. Su buen humor estaba desapareciendo por momentos. Respiraba con dificultad y se encogía sobre sí mismo. Parecía estar manteniendo una terrible lucha interna.

—Estás enfermo —observó ella.

—Nací enfermo —puntualizó el mago.

Dana ardía de curiosidad, pero no le hizo más preguntas. Fenris se movía por rincones oscuros, adonde la luz de la luna no pudiese llegar, y ella empezaba a sospechar cuál era el problema de su amigo.

Quedaron de nuevo en silencio; Dana oía con claridad que la respiración de Fenris se hacía cada vez más pesada y entrecortada, y eso la inquietaba. No quería mirar al elfo por temor a lo que pudiera encontrar. Sin embargo, Kai no fue tan considerado. Sus ojos verdes observaban atentamente al mago sin perderse ninguno de sus gestos, hasta que le dio a Dana un suave codazo.

—Mírale —indicó.

La aprendiza volvió la mirada hacia su compañero. Sus ojos se encontraron con los de él, y vio que tenían un brillo extraño, diferente del habitual, del que adquirían de noche para ver en la oscuridad. Esta vez se trataba de un brillo amarillento, profundo, primitivo y salvaje.

—Espero que ese unicornio no tarde mucho más —dijo Fenris, y su melodiosa voz también sonó diferente, un par de tonos más grave de lo normal.

—¿Puedo ayudarte de alguna forma? —preguntó Dana, que ahora no apartaba sus ojos de él.

El mago elfo sacudió la cabeza.

—Sólo puedes hacer algo por mí —dijo—. Si llega un momento en que me miras a los ojos y no me reconoces, déjame atrás. No trates de escapar corriendo porque no lo lograrás. Teletranspórtate a un lugar seguro donde yo no pueda alcanzarte.

—¿Cómo voy a dejarte atrás? —replicó Dana, estremeciéndose.

—Porque, si no, no saldrás con vida de ésta, Dana.

Ella no contestó. De pronto la presencia de Fenris ya no le infundía tanta confianza.

—Pasará un rato antes de que eso ocurra, sin embargo —la tranquilizó Fenris—. He salido preparado, aunque el círculo de purificación no me hace inmune a los efectos de la luna llena; sólo los retrasa.

Dana suspiró, y se arrimó a Kai; el muchacho la rodeó con su brazo, pero ella aún se sentía inquieta. ¿Qué clase de amigos tenía?

Los aullidos de los lobos seguían resonando por el bosque, cada vez más cerca. Dana alzó la cabeza, tratando de calcular cuánto tardarían los animales en llegar hasta donde ellos estaban.

—No temas por los lobos —dijo Fenris, captando su mirada—. Alguna ventaja había de tener mi presencia, ¿no? —y esbozó una sonrisa que era más bien una mueca sarcástica.

Dana iba a replicar cuando percibió un suave movimiento entre el follaje. Los tres amigos miraron inmediatamente hacia allí. Kai se quedó inmóvil como una estatua, a Fenris se le olvidó por un momento cómo respirar y Dana sintió que se le llenaban los ojos de lágrimas.

El unicornio había vuelto. Estaba plantado frente a ellos junto al arroyo, examinándolos con sus ojos profundos como el mar y brillantes como estrellas. Nadie osó moverse durante unos eternos segundos, hasta que el unicornio bajó su delicada cabeza, dio media vuelta y comenzó a alejarse lentamente.

—Quiere que lo sigamos —reaccionó Dana.

«Y esta vez no voy a perderlo de vista», añadió para sí. Arrastrando a Alide y Lunaestrella de las riendas, los tres iniciaron la marcha, cruzando el arroyo en pos del unicornio.

La luz de su cuerno los guiaba en la penumbra como una brillante espada. El animal se movía grácilmente entre los matorrales cubiertos de nieve, y parecía que sus pequeños cascos hendidos no tocaban el suelo. Tres veces trató Dana de acercarse más a él, y tres veces aceleró su marcha el unicornio para guardar las distancias, hasta que la aprendiza desistió y se conformó con seguirlo de lejos.

—Los lobos nos están rodeando —dijo súbitamente Fenris, y la frase acabó con un sordo gruñido.

Dana se sobresaltó.

—¿Seguro que estás bien?

—De momento sí. Tú no apartes la vista del unicornio.

El bosque se abrió para dar paso a un amplio claro iluminado por la luna. Hasta allí, Dana conocía el itinerario, pero no acertaba a adivinar adónde los conduciría el unicornio.

De pronto Fenris se irguió y gruñó por lo bajo. La luz lunar se reflejó en sus ojos amarillentos.

—¿Qué pasa? —susurró Dana.

Pronto lo vio: cientos de pares de ojos los observaban desde la oscuridad. Lunaestrella relinchó, aterrada, y Dana vio que Kai se apresuraba a tranquilizarla.

El unicornio seguía andando. Dana dudó. Los lobos se atrevieron entonces a entrar en la zona iluminada por el suave resplandor del cuerno mágico; gruñían por lo bajo y tenían el pelo erizado.

—¿Fenris? —susurró Dana, aterrada.

Le temblaban las piernas; el unicornio se alejaba y ella no se atrevía a avanzar más. Buscó a Kai con la mirada, pero él estaba ocupado calmando a los caballos.

—Sigue —la voz del elfo sonó muy cerca y muy grave, y Dana dio un respingo—. No temas.

Los lobos continuaban gruñendo. Ignoraban al unicornio, que avanzaba entre ellos sin mirarlos, con paso ligero y elegante; en cambio tenían los ojos fijos en Dana y sus amigos.

Ella se obligó a sí misma a seguir andando. El miedo la paralizaba, pero no debía dejar que el unicornio se perdiera de vista. Entonces uno de los lobos saltó de improviso hacia ellos, y Dana gritó.

Pero, rápido como el pensamiento, el elfo se interpuso entre ella y el lobo y le gruñó, mostrando unos relucientes colmillos. El animal gimoteó, reculando, y fue a esconderse con el rabo entre las piernas.

Entonces Fenris echó la cabeza atrás, miró a la luna llena y aulló.

Dana dio un salto en el sitio, con la piel de gallina.

Fenris aulló de nuevo. Los lobos corearon su grito salvaje, y ella miró a su amigo con aprensión; pero el elfo, pese a su nuevo aspecto, le dirigió su inconfundible sonrisa. Dana se relajó sólo un poco.

Después de aquella demostración de dominio, los lobos dejaron de gruñir, e incluso se apartaron para cederles el paso. Ellos entonces continuaron caminando por el bosque en pos del unicornio. Los lobos no los atacaban, pero los seguían a una prudente distancia.

—Están esperando algo —dijo Kai—. Ten un ojo puesto en el elfo, Dana, porque me temo que dentro de poco tendrán un nuevo jefe de manada a quien obedecer.

Dana asintió y aligeró el paso. Al cabo de un rato se oyó, en un susurro, la voz de Fenris:

—Dana.

Ella se volvió, y tuvo que contenerse para no gritar: el rostro del hechicero elfo se había cubierto de pelo hasta la punta de las orejas. El mago caminaba encorvado y sus mandíbulas se alargaban hacia adelante, como si fueran un hocico.

—Monta en tu caballo y echa a correr —ordenó Fenris.

—¡No voy a dejarte aquí! —se resistió Dana, a pesar del horror que sentía.

—¡Hazlo! —la violenta orden de Fenris acabó en un prolongado aullido.

Los lobos aullaron también, ansiosos, y Dana no insistió más. Montó sobre Lunaestrella y miró a Kai, que había subido sobre la grupa de Alide; el caballo no podía sentir la consistencia de un cuerpo sólido sobre su lomo, pero era lo bastante sensible como para percibir la presencia sobrenatural de Kai.

—Vámonos —dijo el chico, y Dana hincó los talones en los flancos de Lunaestrella. La yegua se lanzó al galope entre los árboles, y Kai hizo que Alide la siguiera.

El unicornio también emprendió un galope ligero, como una llama plateada entre la espesura.

Dana miró hacia atrás una sola vez. Fenris permanecía de pie en medio del bosque, con sus brillantes ojos fijos en ellos. Su rostro tenía ya poco de humano, pero aún retenía a los lobos a su alrededor, impidiéndoles salir a la caza de los fugitivos.

La aprendiza se estremeció, e instó a Lunaestrella a galopar más rápido. Kai, en cabeza, también hacía correr a Alide todo lo posible. La luz del unicornio seguía guiándolos en la noche, un poco más allá.

Minutos más tarde oyeron un espeluznante aullido que eclipsó a todos los demás.

—¡Se abre la veda! —dijo Kai—. ¡Tu amigo el elfo y sus congéneres lobunos acaban de salir de caza!

Dana no respondió. Fijó su mirada en el unicornio, deseando con toda su alma que llegasen pronto al lugar adonde tenían que llegar.

Los lobos eran más rápidos y, pese a la ventaja otorgada por Fenris, enseguida oyeron sus aullidos letalmente cerca. Dana espoleaba a la aterrorizada Lunaestrella, pero pronto sintió en la nuca el aliento de los lobos grises y de su nuevo y terrorífico líder.

—¡Más deprisa! —gritó Kai, pero ambos sabían que no podían ir más rápido en el bosque y con aquella penumbra, porque se exponían a que los cascos de los caballos tropezasen con algún obstáculo.

Dana se giró un momento y gritó las palabras de un hechizo. Enseguida un resplandeciente muro de hielo se elevó en mitad del bosque, y un pesado cuerpo peludo se estrelló contra él. A través del gélido cristal, Dana pudo ver mientras se alejaba a una criatura que arañaba el muro y aullaba de rabia.

Costaba reconocer en ella, bajo los rasgos lobunos, al mago elfo de ojos color miel.

El muro era muy largo y los entretendría un poco, pero no demasiado; sólo lo que tardasen en rodearlo. Volvió a fijar su mirada hacia adelante y lanzó una exclamación de sorpresa: la luz del unicornio había desaparecido.

Kai también se sintió desconcertado al principio, hasta que vio la sombra de una baja y ruinosa construcción de madera.

—¡La cabaña de los cazadores! —gritó, y Dana comprendió lo que quería decir.

Apenas unos segundos más tarde, los dos caballos cruzaban el umbral de la choza; a un lado colgaba, de una sola bisagra, una puerta carcomida y desvencijada.

Una vez dentro, Dana y Kai frenaron a sus monturas y miraron alrededor.

Oscuridad.

—¿Adónde ha ido? —dijo Dana—. ¡Juraría que lo he visto entrar aquí dentro!

Kai se estaba haciendo la misma pregunta; pero no les quedaba tiempo para conjeturas: los lobos pronto llegarían a la cabaña. Dana desmontó, se arremangó la túnica y comenzó a trabajar. Iluminó la vieja cabaña con fuegos mágicos y salió al exterior sin perder un instante.

Mientras, Kai se preocupó de calmar a los caballos. Intrigado, miró a su alrededor.

Conocía la cabaña, porque Dana y él la habían descubierto tiempo atrás en una de sus innumerables correrías por el bosque. Antaño había servido de centro de reunión de los cazadores, por lo que era bastante amplia; pero ahora se hallaba abandonada, sucia y medio destrozada.

Desde la maldición, ya nadie pernoctaba en el bosque del Valle de los Lobos.

Dana volvió a entrar frotándose las manos. Kai miró por la ventana, pero no vio nada nuevo.

—¿Qué has hecho?

Dana iba a contestar, pero un chasquido que sonó en el exterior lo hizo por ella. Pronto se oyeron más chasquidos, y Kai tuvo la sensación de que la cabaña entera se movía. Volvió a mirar por la ventana y vio algo parecido a una serpiente trepar por la pared exterior.

—¿Qué has hecho? —repitió.

Más serpientes reptaban por la casa, entrelazándose unas con otras. Mirando mejor, Kai descubrió que eran plantas que crecían a una velocidad de vértigo.

—Barrera vegetal —informó Dana—. Cuando las plantas lleguen al tamaño de árboles, los lobos no podrán atravesarlas. Aquí estamos a salvo; al amanecer, Fenris volverá a ser un elfo y podrá ayudarnos.

Kai asintió, conforme. Los lobos llegaron enseguida y comenzaron a arañar el mágico muro de plantas, intentando hallar un resquicio para entrar en la cabaña, pero Dana no hizo caso. Se sentó en un rincón, sobre el húmedo suelo, para descansar. Apoyó la cabeza en la pared de troncos y cerró los ojos.

—Hemos perdido al unicornio —suspiró con tristeza—. ¿Qué hemos hecho mal esta vez?

—Yo diría que estamos donde él quería —opinó Kai, sentándose a su lado—, aunque no acierto a comprender por qué.

Dana se hizo un ovillo y se arrimó más a él, ignorando los gruñidos que provenían de fuera. Kai la miró un momento y luego dijo con suavidad:

—Sé que estás cansada, pero te voy a contar una historia. ¿Me escucharás?

Dana asintió y abrió los ojos, intuyendo que era importante.

—Hace más de quinientos años —empezó él—, los dragones abundaban en la tierra y a menudo se instalaban en cuevas de montaña cercanas a las aldeas, para poder saquearlas y sembrar el terror a voluntad. Y hubo una vez un pequeño pero fiero dragón azul que tomó posesión de una de esas cavernas, en las colinas próximas a la aldea donde tú naciste. Causó muchos destrozos y mató a mucha gente, pero nadie acudía a desafiarlo; todos los héroes tenían cosas mejores que hacer.

»Entonces un joven y atolondrado granjero decidió que ya era hora de que alguien hiciese alguna cosa al respecto; así que fue a buscarlo, armado únicamente con dos cuchillos impregnados de veneno, pero sin ningún tipo de protección.

»Lo encontró destrozando un rebaño de vacas y dándose un buen festín, y quizá eso salvó al chico en un principio. El dragón lo vio y decidió que era un apetitoso bocado comparado con las vacas, pero que lo dejaría para más tarde, porque ya estaba lleno. El muchacho no era rival para él y, por eso, cuando el dragón oyó que lo desafiaba, se echó a reír.

Kai hizo una pausa. Dana lo miró, pero él no pareció darse cuenta. Miraba fijamente al frente, serio y sombrío.

—He dicho que no era muy grande, ¿verdad? —prosiguió por fin—. Bueno, comparado con otros de su raza, no. Pero aun así medía siete metros de largo y tres de alto, exhibía unas garras mortíferas y unos dientes como dagas; echaba fuego por la boca y era malévolo y muy inteligente.

»No; definitivamente, el granjero no era rival para él. La pelea fue corta y desastrosa, pero el dragón no mató al muchacho, sino que lo dejó inconsciente para llevárselo y divertirse con él un poco en su cubil. Por eso, cuando él recobró el conocimiento, se encontró suspendido en el aire, atrapado por una garra del dragón azul, que volvía volando hacia las montañas, muy satisfecho con su trofeo.

»El chico creyó que tenía una oportunidad. El dragón volaba con las garras muy pegadas al cuerpo, para ofrecer menos resistencia al aire, de tal forma que el granjero podía ver claramente las escamas de color zafiro que cubrían todo su cuerpo de reptil. Moviéndose muy lentamente para que el dragón no lo sintiera, extrajo de su bota el cuchillo de repuesto, buscó un hueco entre las escamas y lo hundió en la carne de la criatura, que se sobresaltó y abrió la garra...

Kai enmudeció de pronto. Dana se estremeció, pero no precisamente a causa de los gruñidos y arañazos de los lobos que sitiaban la cabaña.

—Caí desde una altura de trescientos metros —concluyó el muchacho, hablando por primera vez en primera persona—. Lo último que pensé fue que ojalá, ojalá... no hubiera sido tan estúpido. Y aprendí, demasiado tarde... que la vida es demasiado preciosa como para ponerla en peligro sin una buena razón.

—Era una buena razón —comentó Dana, pero Kai le dirigió una mirada terrible.

—Tú no sabes lo que dices. La gente no sabe lo que tiene hasta que lo pierde.

Dana no respondió. Tras un incómodo silencio, Kai continuó:

—Encontraron mi cuerpo hecho un guiñapo, y me enterraron allí mismo. Cien años después tus antepasados construyeron una granja en aquel mismo lugar —sonrió—. Si algún día vuelves a casa y excavas en la pared oeste del granero, bajo la ventana... seguramente encontrarás mis huesos, si es que los perros no los han desenterrado ya —concluyó con amargura.

—No digas esas cosas —le pidió Dana, estremeciéndose—. No de esa forma.

Kai la miró y le sonrió con ternura.

—Mi alma ha pasado todos estos siglos al Otro Lado, en la dimensión donde moran los espíritus sin cuerpo —prosiguió—. Hasta que me llamaron para encomendarme una misión.

Dana se irguió, atenta.

—En el Otro Lado se está bien —explicó Kai—. Podría decirse que somos felices en un lugar donde el tiempo y el espacio no existen y todo es posible porque no estamos sujetos a las leyes de lo material. Pero muchos no han olvidado el mundo de los vivos, porque la vida tiene algo de mágico e irrepetible...

»Lo que te dijo el elfo es cierto. A veces nace una persona con poderes especiales relacionados con nosotros. Una persona cuya mente supone una puerta abierta de par en par entre ambas dimensiones, que es capaz de vernos y entendernos. Uno de nuestros pocos enlaces con el mundo de los vivos. Los elfos los llaman «Kin-Shannay», «Portales» y, como te contó el mago, sólo hay unos cuantos repartidos por todo el mundo. Por eso nosotros nos interesamos particularmente en protegerlos y enseñarles el camino.

»Dio la casualidad de que un *Kin-Shannay* había nacido en la aldea donde yo viví mi corta existencia. Por eso me escogieron para guiarte y protegerte; para ser tu «Kai», tu compañero. Me dieron la oportunidad de volver a vivir una vida como la que tuve, tantos años como años tenía en el momento de mi fallecimiento: volvería a ver, a sentir, a hablar como un ser humano... con la salvedad de que no tendría cuerpo, y que sólo tú, por supuesto, podrías verme y oírme. Mi misión consistiría en vigilar que todo te fuese bien, y que nadie te hiciera daño. Y, aunque es difícil hacer esto siendo sólo un espíritu sin cuerpo que, además, ha perdido gran parte de los poderes que poseía en la dimensión inmortal, acepté enseguida. Yo había muerto muy joven, aún estaba enamorado de la vida, y habría dado cualquier cosa por volver a ver el sol, el cielo, los árboles, la gente... aunque ellos no me viesen a mí.

—Y viniste a mí... —dijo Dana a media voz, evocando su primer encuentro.

—Mi espíritu volvió al mundo de los vivos el mismo día que tú naciste. Pasé seis años observándote en silencio hasta que me decidí a hablarte... e, irónicamente, ahora no estaría aquí contigo de no ser por el Maestro. Mi alma habría permanecido atada a la granja si él no hubiese permitido que te acompañase a la Torre, la noche de tu partida.

—Entonces él sabe quién soy... —murmuró Dana.

—Yo diría que lo ha sabido siempre.

—Fenris dijo que por eso me trajo consigo a la Torre. ¿Pero por qué exactamente?

—No lo sé.

—¿Y Aonia? ¿Qué quiere de mí?

—Eso tampoco lo sé. Aonia no está aquí; te habla desde mi mundo, y yo, desde que crucé el umbral para acudir a tu lado, no he vuelto a tener contacto con otros espíritus. Aunque pienso que tiene una cuenta pendiente en el mundo de los vivos. Por eso trata de comunicarse contigo.

—¿Y la anciana ciega del pueblo?

—Era simplemente un fantasma demasiado acostumbrado a vivir allí como para cruzar el umbral.

Dana no dijo nada. Su cabeza seguía siendo un hervidero de preguntas, pero la más acuciante era la que no se atrevía a formular en voz alta.

—He cometido un error —dijo Kai, adivinando sus pensamientos—. Se suponía que no debía implicarme, pero... te he tomado demasiado cariño, Dana. No debí dejar que pasara.

Dana cerró los ojos. Kai había puesto un especial énfasis en la palabra «demasiado».

—¿Y qué va a pasar ahora con nosotros? —preguntó por fin en voz baja.

Kai no respondió enseguida, y Dana supo que era mala señal.

—Creo que me habría enamorado incluso si tú no fueras la única persona en el mundo que puede escucharme —susurró el joven por fin—. Así que muchas veces he pensado que ninguno de los dos ha tenido la culpa, y que era inevitable —la miró a los ojos—. Cuando se acabe el plazo tendré que volver al Otro Lado. Mis poderes se están agotando rápidamente; pronto ni siquiera seré capaz de coger objetos.

—¿El plazo? —repitió Dana, enderezándose rápidamente.

—Fallecí a los dieciséis años —respondió él con voz ronca—. Mi vida como Kai no puede durar más.

Dana sintió que se mareaba. Ella ya tenía dieciséis años. ¿Cuánto le quedaba para estar con Kai? ¿Unos días, unas semanas, unos meses?

—Me dijiste que nunca me abandonarías —le recordó—. ¿No hay ninguna solución?

—No la hay.

Dana quiso abrazarse a él, enterrar el rostro en su hombro y llorar allí, pero reprimió su impulso porque supo que abrazaría aire una vez más.

—¿Por qué no me lo dijiste antes?

—¿Para qué? Era mejor disfrutar de este tiempo juntos. Si hubieras sabido que yo me iba a marchar, nunca habrías llegado a ser del todo feliz. Y la vida hay que aprovecharla al máximo, Dana. Te lo digo por experiencia.

—Me dijiste que nunca... —insistió Dana, resistiéndose a escucharle, pero él la interrumpió:

—Nunca, y eso es cierto. Estaremos separados un tiempo cuando yo me vaya. Pero algún día nos reuniremos al Otro Lado, y esta vez sí será para siempre... si todavía me recuerdas entonces.

—Nunca te olvidaré.

Kai sonrió con tristeza.

—Eso es lo que dices ahora. Pero eres joven, y conocerás a otros...

Dana iba a replicar, cuando un estruendo sacudió la cabaña, y un enorme bulto peludo se precipitó en el interior por un agujero que había abierto en la barrera vegetal.

—¡Fenris! —exclamó Dana, poniéndose en pie de un salto.

—¿No se suponía que estábamos a salvo? —protestó Kai.

Dana no replicó. Rápidamente reforzó el hechizo para cerrar el boquete y acto seguido lanzó un conjuro de aturdimiento sobre Fenris, que quedó tendido en el suelo semiinconsciente.

—¿Qué hacemos con él? —preguntó Kai.

Dana se acercó al elfo-lobo y se arrodilló junto a él. Conectó su aura a la de la criatura e intentó calmarla. Comprendió, en alguna recóndita parte de su mente, que la parte racional de Fenris luchaba agónicamente contra su lado salvaje, sin resultado. La aprendiza sintió lástima por el sufrimiento sin sentido de su amigo y trató de infundirle ánimos, sin saber si él podría percibirlo o no.

—Parece como si estuviera drogado —comentó Kai al oírle gemir.

—No se quedará así mucho rato. El hechizo no es ninguna maravilla, ¿sabes?

—Entonces deberíamos atarlo, o inmovilizarlo de alguna forma.

Dana se fijó en una vieja mesa de madera que había en un rincón.

—Puedo hacer una jaula con eso. Si la refuerzo con magia aguantará; podría convertirla en piedra. Sólo tengo que mover a Fenris hasta allá.

Extendió la mano hacia el elfo-lobo y pronto la criatura comenzó a levitar dos palmos por encima del suelo. Lo guió hacia la mesa del rincón, bajo la aprobadora mirada de Kai;

pero calculó mal el peso y la distancia, la energía mágica le falló y el elfo-lobo cayó al suelo con estrépito.

—¡Vaya! —se lamentó Dana, y corrió para ver si la criatura seguía tranquila.

—Espera —la detuvo Kai—. ¿No has oído? Suena a hueco.

Dana lo miró y golpeó con el pie sobre el suelo de madera, cerca de Fenris.

—Ahí abajo hay algo —comentó.

—Será un sótano. Quizá podamos escondernos en caso de que los lobos lleguen a entrar.

Dana juzgó que era buena idea, y examinaron el suelo a la luz del fuego mágico.

—Una trampilla —observó Dana; trató de abrirla, pero recibió una especie de calambre—. ¡Magia! —exclamó sorprendida, y se apresuró a dibujar con el dedo una runa de apertura sobre ella.

La trampilla se abrió, dejando libre el acceso hacia una cámara bajo el suelo. Dana se asomó, pero todo estaba tan oscuro que no logró ver nada. Miró a Kai, que asintió. Entonces apagó todos los fuegos mágicos menos uno, y lo hizo internarse en el sótano. La débil luz dejó al descubierto unas amplias y bellas escaleras de mármol.

—¡Vaaaya! —comentó Dana.

Despertaron a los caballos y los arrastraron escaleras abajo. Después cerraron la trampilla, dejando a Fenris en el piso superior, conscientes de que no corría ningún peligro.

Bajaron un tramo hasta que vieron que la escalera desembocaba en un amplio y elegante corredor. Al pisar el suelo dos filas de antorchas se encendieron por arte de magia a ambos lados del pasillo.

Lo siguieron durante un rato; finalmente vieron que al fondo se alzaba una enorme y majestuosa puerta flanqueada por dos esbeltas columnas.

—Yo diría que es una especie de templo —susurró Dana, sobrecogida—. ¿Qué crees que habrá ahí?

—Lo que hemos venido a buscar —dijo Kai—. Lo que Aonia quería que encontráramos.

Dana hizo desaparecer al ya inútil fuego mágico y avanzó con decisión hacia la puerta.

Kai, llevando a Alide y Lunaestrella de las riendas, la siguió en silencio.

XI

A T R A P A D O S

*E*N LA OSCURIDAD de la cabaña protegida por la barrera arbórea, Fenris yacía sobre el suelo polvoriento. Mientras la luna llena ejerciese su influjo sobre él, el elfo-lobo no podría pensar en otra cosa que no fuera su propia debilidad, que le impedía levantarse y correr a dar caza a la joven y tierna humana y a sus sabrosos caballos. Los aullidos de sus compañeros de manada le llegaban muy lejanos, y apenas era consciente de sus inútiles intentos por abrir un hueco en la protección vegetal de la cabaña.

De pronto un rayo de luz hirió su mente. Al principio jadeó y movió las peludas zarpas, asustado; luego gruñó y después, cuando la luz iluminó un resquicio de su dormida conciencia racional, se abandonó y se dejó llevar por él.

Pronto abrió los ojos y logró levantarse un poco. Se miró las garras, justo para ver cómo el vello y las uñas desaparecían rápidamente para dejar asomar unas manos de elfo, finas y de largos dedos.

Fenris se incorporó un poco más y sacudió la cabeza. «Soy yo de nuevo», pensó, y se aferró a esa idea. Sintió que los colmillos recobraban su tamaño normal, que su hocico se encogía, que el pelo que cubría su rostro retrocedía hasta dejar al descubierto su fina piel broncínea.

El elfo se estiró como un gato y se pasó una mano por la melena cobriza. Después abrió los ojos de par en par... y vio que frente a él se erguía la figura del Amo de la Torre.

—¿Es de día? —fue todo lo que pudo decir el hechicero elfo.

El Maestro negó con la cabeza. Sus ojos grises estudiaban a Fenris con atención.

—¿Adónde han ido? —preguntó suavemente.

Fenris se levantó, tambaleándose. La transformación había mermado considerablemente su fuerza vital. Estaba pálido, cansado y ojeroso, le dolían todos los huesos y le costaba respirar. Se apoyó sobre la mesa y miró al Maestro. Fue entonces cuando descubrió que estaba en la vieja cabaña de los cazadores, y decidió no preguntarse qué estaba haciendo él allí. Pero sí miró a su alrededor en busca de Dana, y comprobó que con él sólo estaban el Maestro y una pequeña figura que aguardaba tras él en la sombra.

—¿Adónde han ido? —repitió el mago.

Fenris no se planteó si debía responder o no. Estaba demasiado cansado para pensar pero, aun así, se llevó una mano a la cabeza y se esforzó por recordar.

Iban por el bosque siguiendo al unicornio. Los efectos del círculo de purificación no habían aguantado mucho, así que él le había dicho a Dana que echara a correr... y después...

Se estremeció. No recordaba más. ¿Había logrado escapar la chica? ¿O él, cegado por la furia irracional del licántropo, la había alcanzado y...?

—Ella está viva —lo tranquilizó el Maestro.

Fenris cerró los ojos y se concentró en las sensaciones que había experimentado más recientemente. Recordó una persecución salvaje, como todas sus correrías bajo la luna llena; recordó un par de golpes fuertes y un sentimiento de paz cuando ella...

Entornó los ojos. Dana se había acercado a él y había usado su magia para calmarle. Después...

Se concentró en su presencia... y casi involuntariamente miró hacia abajo, a sus pies. El perspicaz Maestro siguió la dirección de sus ojos y descubrió la trampilla.

—Buen trabajo —dijo.

Fenris no respondió, demasiado aturdido como para preguntarse qué estaba pasando exactamente.

La enorme puerta se abrió con un chasquido. Dana y Kai se quedaron plantados en el sitio, boquiabiertos, mientras un haz de luz dorada los bañaba de la cabeza a los pies. El resplandor era tal que les impedía ver lo que había más allá.

Dana se armó de valor y entró. Kai avanzó con ella, siempre a su lado, y advirtió con sorpresa que los caballos, que habían estado nerviosos todo el tiempo, parecían ahora totalmente tranquilos.

—Esto es un lugar sagrado —musitó Dana, maravillada.

Los ojos de ambos ya se iban acostumbrando al resplandor, y descubrieron que la luz provenía de una enorme escultura de oro que se alzaba en el centro de la sala. Representaba un gigantesco árbol; bajo su sombra había esculpidas innumerables criaturas que buscaban cobijo junto al tronco: mamíferos, reptiles, diversas flores y plantas... en sus ramas se ocultaba un gran número de aves doradas, y debajo del árbol, entre las raíces, había tallados varios peces y anfibios de oro.

—¿A quién se rendirá culto en este lugar? —preguntó Dana a media voz.

—A la Madre Tierra —respondió Kai en el mismo tono.

Cuando Dana logró apartar sus ojos del árbol de oro, echó un vistazo alrededor. El templo se había habilitado en una pequeña cueva natural, cuyas paredes de piedra se habían embellecido con adornos de plata y oro. El suelo estaba revestido de baldosas de mármol. Aparte de la estatua, no había nada más a excepción de un pequeño pozo a los pies del árbol de oro.

Y, junto a él, se hallaba el unicornio, con sus ojos de estrella fijos en ellos.

Dana se sobresaltó. No había percibido su presencia hasta aquel momento, y se preguntó si el unicornio había estado realmente allí desde el principio. En cualquier caso, verlo de nuevo la sobrecogió. Visto de cerca y a plena luz, la belleza del unicornio hería los ojos y conmovía profundamente el corazón.

—Acércate —dijo entonces Kai—. Parece que te está esperando.

Dana titubeó al principio, pero pronto se dio cuenta de que Kai tenía razón, de modo que avanzó, vacilante. El unicornio la dejó llegar hasta el borde del pozo, y entonces agachó la cabeza con un grácil movimiento. Su mágico cuerno rozó la superficie del agua por un breve momento. Luego el unicornio volvió a alzar la cabeza para mirarla...

...Y, súbitamente, desapareció.

Dana ahogó un gemido y, en un movimiento reflejo, alargó la mano hacia el lugar donde había estado la criatura. Pero de pronto oyó la voz de Kai a su lado.

—¿Qué hay en el pozo, Dana?

Ella reaccionó y se inclinó sobre el agua.

—No parece muy profundo —comentó después de inspeccionarlo—. Veo en el fondo algo que brilla.

—¿Será el tesoro del unicornio?

Dana consideró la posibilidad, y el corazón le latió más deprisa.

—¡Y nos lo ha mostrado a nosotros! —exclamó—. ¿Te das cuenta?

—Me doy cuenta —dijo suavemente una voz tras ellos—. Y vosotros me lo habéis mostrado a mí.

Kai y Dana se volvieron. En la puerta estaban el Maestro, Maritta y un indispuesto Fenris que, al menos, había recuperado toda su apariencia de elfo.

Dana se sintió inquieta. Aún no comprendía qué papel jugaba el Maestro en todo aquello.

—Has arriesgado tu vida de nuevo a pesar de mis advertencias, Dana —dijo el mago avanzando hacia ella—. Y no sólo has sobrevivido, sino que además has llegado donde nadie antes lo había hecho. Muy bien, discípula. Eres la aprendiza más prometedora que he visto jamás.

Dana se ruborizó ante los cumplidos de su tutor.

—Quizá no seas muy consciente de lo que has encontrado —prosiguió el Maestro—. ¿Has oído hablar del Pozo de los Reflejos? ¿No? Está bien, escucha: hay una antiquísima leyenda que dice que existe uno en todos los lugares donde habita un unicornio. En su fondo reposa una figurilla de cristal de gran poder, extremadamente difícil de controlar. Se trata de un artefacto sólo reservado a los grandes hechiceros.

Dana entornó los ojos, intuyendo adónde quería ir a parar el Maestro.

—Pero el unicornio me ha conducido a mí hasta aquí —objetó.

El viejo mago se encogió de hombros.

—De acuerdo. Coge tu premio, pues.

Dana titubeó un momento, pero luego alargó la mano y la introdujo en el agua, tratando de alcanzar el destello de cristal que percibía más abajo.

Sus dedos rasparon el mármol del fondo, pero nada más. La aprendiza abrió desmesuradamente sus ojos azules, al ver cómo su mano pasaba por la imagen de cristal como si ésta no existiese.

—Parece un espejismo —comentó.

—Efectivamente —el Maestro se había colocado a su lado, y su voz sonó tan inesperadamente cerca que la sobresaltó—. Puedes quedarte aquí una década intentándolo, pero no lo lograrás. Los unicornios guardan bien sus secretos.

—¿Entonces...?

—Existe un antiguo ritual —explicó el Maestro—. Si hubieras esperado a ser una hechicera completa antes de salir en busca del pozo, tal vez habrías podido realizarlo, pero ahora es algo que excede a tu capacidad. Así que me temo que tendré que tomar posesión de esto en tu lugar.

Dana sintió que se ahogaba de rabia y frustración. ¡Había estado tan cerca!

—Lo ha hecho a propósito — le dijo Kai—. El unicornio no se le ha aparecido a él, pero tenía a Fenris para que le librase de los lobos, y te tenía a ti para que le guiases hasta aquí. Como la primera vez no lo lograste, ha mandado al elfo contigo para asegurarse de que le llevabas a donde él quería.

Dana lo miró sorprendida. Era una idea que le rondaba por la cabeza desde hacía rato, pero no había podido expresarla con tanta claridad, quizá porque le dolía admitir que Fenris los había traicionado.

Sacudió la cabeza, evitando mirar al elfo, que con toda seguridad estaría unido telepáticamente al Maestro. ¿Cómo si no los habría seguido hasta allí? «Me han utilizado», pensó, y se sintió estúpida.

El Maestro se volvió hacia ella.

—Voy a comenzar con el ritual —dijo—. Creo que Fenris y tú deberíais sacar a los caballos de aquí.

Dana se resistía a dejar al mago a solas en el templo, con el tesoro del unicornio. Pero, ¿cómo iba a desobedecerle? Él podría inmovilizarla con un rayo azul y estaría en su derecho. En cuanto a magia se refería, la palabra del Maestro debía ser ley para un aprendiz.

Miró a Fenris y comprobó que ya caminaba hacia la puerta, llevando a Alide consigo.

—Ve con él —le ordenó el Maestro.

Dana cruzó una mirada con Kai: él tampoco parecía muy convencido. La chica pensaba ya en poner cualquier excusa, cuando sintió de pronto una imperiosa necesidad de seguir a Fenris y, antes de que se diera cuenta, había cogido a Lunaestrella de las riendas y caminaba hacia el umbral del templo.

Kai se quedó sorprendido de verla marchar tan dócilmente, pero se apresuró a irse también.

Dana volvió a la realidad en el pasillo exterior, y se preguntó cómo había llegado ella hasta allí. Vio entonces a Kai, que la miraba preocupado.

—¡Condenado mentalista! —dijo el muchacho—. Has hecho lo que él quería que hicieras.

—¿Por qué...? —empezó ella, pero se interrumpió cuando una súbita oscuridad invadió el corredor.

Se sintió desorientada al principio. No veía absolutamente nada, no oía absolutamente nada y no tocaba absolutamente nada. No sentía ya el suelo bajo sus pies, pero tampoco caía; era como si estuviese suspendida en el aire. Gimió angustiada y alargó la mano, tratando de tocar algo, cualquier cosa.

—¿Dana?

Ella contuvo el aliento.

—¿Fenris? ¿Estás aquí?

—Y yo también —se apresuró a contestar la voz de Kai—. Estamos los tres atrapados.

Dana oyó a Fenris susurrando con suavidad tres palabras mágicas. Algo chisporroteó y un pequeño fuego mágico estalló en el aire. Su titubeante luz bañó los rostros de los tres amigos.

—¿Dónde estamos? —quiso saber Dana.

Fenris suspiró y miró a su alrededor.

—Es un agujero.

—Eso ya lo veo. Pero, ¿dónde?

—Un agujero en ninguna parte. Un lugar donde no hay espacio. Una prisión mágica.

Dana sintió que el alma se le caía a los pies. Había oído hablar de aquel tipo de hechizos. Eran muy avanzados y, desde luego, ella no sabía neutralizarlos.

—Podrías caminar durante toda la eternidad y no llegar a ninguna parte —concluyó el elfo—. Por eso es mejor quedarnos donde estamos.

Dana asintió, sombría. Después lo miró con curiosidad:

—¿Y tú qué haces aquí?

—¿Cómo que qué hago aquí? Estoy contigo. Lo desafiamos, ¿recuerdas? Escapamos de la Torre para buscar por nuestra cuenta al unicornio.

—Ya —gruñó ella—. Y él lo sabía desde el principio. Quería que lo trajésemos hasta aquí.

Fenris la miró con sus ojos almendrados abiertos al máximo.

—Debí haberlo supuesto —dijo finalmente, abatido.

—Embustero —soltó Dana—. Tú lo sabías. El Maestro no ha podido atravesar el bosque solo, y tampoco ha podido teletransportarse hasta la cabaña sin un punto de referencia. Tú eras su espía.

Fenris la observó fijamente, sin una palabra. Luego dijo:

—Te ha utilizado. No te creas especial por eso. Yo llevo cincuenta años así.

Kai gruñó algo, pero Dana percibió un tono abatido en la voz de Fenris, y dijo:

—Deja que nos cuente su historia, Kai. Quizá saquemos algo en claro de todo esto.

Fenris suspiró, y se echó un poco hacia atrás.

—Tal vez hayas... —empezó, pero se corrigió al recordar que Dana no estaba sola—. Tal vez hayáis oído hablar de la tierra de los elfos. Está muy lejos, en oriente, al otro lado del mar. Es un país de hermosos bosques y suaves colinas, donde todo es armonioso y la naturaleza se venera y se respeta.

»Allí nací yo, hace casi doscientos años. Soy pues un elfo joven, de acuerdo con los cánones de mi raza. Pero nunca fui un elfo normal.

»Son pocos los humanos que nacen con la maldición de la licantropía. En los elfos esta alteración es más rara aún, y por eso, cuando dejé atrás mi infancia y empecé a sufrir mutaciones las noches de luna llena, supe que mi tiempo entre los míos había terminado. Mi comportamiento, mi presencia, mi mera existencia... rompían radicalmente la paz de la tierra de los elfos.

»No hubo compasión para mí. Me expulsaron de mi hogar y me condenaron a vagar por el mundo, como ser racional o como bestia cuando la luna llena me reclamase como posesión suya. Busqué por todos los medios una solución a mi mal, pero nadie podía darme una respuesta, deshacer mi maldición o concederme al menos un poco de paz espiritual... hasta que conocí al Maestro.

»Él era entonces un hombre joven, pero conocía la magia, y me ofreció aprender a su lado el arte de la hechicería y llevarme a un lugar cuyo poder me protegería de las transformaciones. A cambio...

—A cambio, tú debías mantener a raya a los lobos —completó Dana—. Así fue como tomó posesión de la Torre. ¿Puede él realmente controlar tus cambios?

—En la Torre sí. Yo protejo la Torre, y la Torre me protege a mí. Y, gracias al poder de la Torre, el Maestro puede protegerme a mí a veces, si salgo, durante un corto espacio de tiempo... o invertir el proceso si estoy transformado. Pero también puede provocar mi transformación si le apetece.

—Te tiene en sus manos —comprendió Dana de repente.

—La Torre es mi refugio, pero también mi prisión. Cuando llegué a ella era mucho más joven y estaba ansioso por ser libre. No se me ocurrió pensar que el Maestro no me ofrecía una cura definitiva, sino una solución temporal que me ataría a su poder para siempre. Porque sabía que yo nunca tendría valor para escapar de la Torre y enfrentarme a mi lado salvaje.

—Pero lo has hecho —observó Dana.

Él la miró con ojos brillantes.

—Eres una *Kin-Shannay,* te has puesto en contacto con una archimaga fallecida y el unicornio pretendía entregarte su tesoro. Estás destinada a hacer grandes cosas, Dana. Quizá a tu lado pueda aprender a librarme de esta maldición que me atormenta y me tiene prisionero de mí mismo.

Sus palabras se perdieron en un susurro apenas audible. Dana lo contempló un momento, conmovida, pero aún sin atreverse a confiar en él.

—Tú has conducido al Maestro hasta aquí —le recordó.

Fenris esbozó una amarga sonrisa.

—¿Sabes de alguien que haya logrado ocultarle algo al Maestro? No tengo muy claro cómo he llegado hasta aquí;

no sirvo de mucho cuando salgo de la transformación, así que imagino que ha hecho conmigo lo que ha querido..., como de costumbre.

Dana lo miró de nuevo. La piel del mago presentaba un tono ceniciento, y él respiraba con dificultad. Parecía agotado y tenía los hombros hundidos.

—No tienes muy buen aspecto —reconoció—. Está bien, supongo que no puedo culparte. ¿Y ahora qué hacemos?

—Es obvio que el Maestro quería que lo guiases hasta aquí. Y sospecho que por eso... y sólo por eso... te trajo a la Torre hace seis años.

—Pero me borró la memoria después de mi primera escapada —recordó Dana—. Para que no recordase que tú podrías ayudarme.

—Porque se dio cuenta de que aún no estabas preparada —dedujo Fenris—. El Maestro no quería correr ningún riesgo; es un hombre minucioso y paciente. Por eso él está ahora ahí fuera, y nosotros aquí dentro —suspiró—. Lo que no comprendo es el papel que juega la archimaga de tus visiones en todo esto.

Ella le contó entonces lo que había averiguado sobre la identidad de la dama de la túnica dorada.

—Aonia —dijo el elfo pensativo cuando Dana finalizó—. No conozco ese nombre. Así que es una antigua Señora de la Torre, que murió hace tiempo y se comunica contigo porque desea que encuentres tú, y sólo tú, al unicornio. ¿Por qué?

—No lo sé. ¿Qué es exactamente eso que hay en el fondo del pozo, Fenris?

—No estoy seguro. Existe un antiguo libro que habla de estas cosas; es el único que describe el Pozo de los Reflejos, y dice que en su fondo el unicornio guardia su alma en una figurilla de cristal. Aquel que la posea controlará la voluntad del unicornio para siempre.

»Parece una historia inverosímil porque, además, ningún otro sabio habla del Pozo de los Reflejos, o del Alma de Cristal. Por eso pocos magos y eruditos se toman en serio las afirmaciones de ese libro, y lo consideran pura fábula.

—Pues parece que es más que fábula —comentó Dana—. ¿Y para qué quiere el Maestro...?

—¿...Tener al unicornio bajo su control? —completó Fenris—. Sé más sagaz, Dana. Cualquier mago sería el doble de poderoso con un cuerno de unicornio entre sus manos.

Dana se imaginó al unicornio moribundo y con su cuerno en las garras del Maestro, y se quedó horrorizada.

—¡Pero no puede hacer eso! —exclamó—. ¡El unicornio es una criatura sagrada!

—Según para quien —replicó él, encogiéndose de hombros.

—No lo entiendo. ¿Por qué iba a guiarnos el unicornio hasta el lugar donde guarda su alma?

—Las criaturas sobrenaturales tienen sus propias razones para hacer lo que hacen. Nadie puede comprenderlas.

Dana temblaba de miedo, rabia y frustración.

—Tenemos que hacer algo —dijo—. ¿Qué es ese ritual que ha de celebrar el Maestro?

—No he estudiado a fondo el tema, pero probablemente se trate de un conjuro que se describe en el libro al que me refiero. Su anónimo autor afirmaba que era la única forma de conseguir el alma del unicornio. Creo recordar que precisaba un sacrificio humano, o algo así...

Otra pieza más que encajaba, comprendió Dana con horror.

—¡Maritta! La ha engañado para que le acompañe. ¡Ella es la víctima! ¡Tenemos que escapar de aquí e ir a avisarla! —le urgió al elfo, pero él sacudió la cabeza.

—Yo puedo salir de aquí —dijo Kai inesperadamente.

Dana soltó la túnica de Fenris y se volvió hacia él.

—¿Cómo dices?

—Que puedo escapar de aquí, porque no estoy sometido a las leyes de lo material.

—¿Y por qué no lo has dicho antes?

—¿Y perderme todo lo que habéis contado? Además, aunque saliera de aquí, no podría hacer nada para avisar a Maritta, ni para liberarte a ti. Por tanto mi sitio está aquí, a tu lado.

—¿Qué dice tu amigo? —preguntó Fenris, que no podía ver ni oír a Kai.

Dana se lo explicó. El elfo frunció el ceño mientras su cerebro terminaba de abandonar el aturdimiento inicial para empezar a pensar a toda velocidad.

—Si Maritta viene hasta aquí podremos comunicarnos con ella y explicarle lo que pasa.

—¿Cómo va a avisarla Kai?

—Kai es un espíritu, pura energía sin cuerpo. En circunstancias extremas puede hacer acopio de fuerzas y dejarse sentir.

Dana recordó al punto la intervención de Kai en aquel claro del bosque, un año atrás, y cómo él la había salvado de los lobos.

—Es cierto —admitió, considerando la posibilidad—. Podría empujar a Maritta hasta aquí y...

—Se llevaría un susto de muerte y alertaría al Maestro —objetó Kai—. Suponiendo que siga viva.

—Tienes razón —murmuró Dana, pero enseguida se le ocurrió una idea.

Impulsivamente, se quitó del cuello la cadena con su colgante de la suerte.

—Toma —le dijo a Kai—. Llévasela. Ella entenderá.

Él alargó la mano para cogerla, pero el amuleto atravesó sus dedos fantasmales y flotó en el vacío. Dana no había previsto algo así; sin embargo, sus reflejos le permitieron atrapar de nuevo el colgante antes de que se perdiera en la oscuridad.

—¿Qué pasa? ¿Por qué no lo coges? Yo sé que puedes. Te he visto coger cosas, allá en la granja.

—Mis fuerzas disminuyen con el tiempo —explicó Kai—, según se acerca la hora de mi partida.

Ella se estremeció, pero le miró a los ojos.

—Por favor, haz un esfuerzo —le pidió—. Por ti, por mí. Porque, según dices, nos queda poco tiempo juntos; y no quiero pasarlo aquí, en medio de ninguna parte.

Kai entrecerró los ojos. Respiró hondo y luchó por concentrar sus energías en su mano. Dio un fuerte tirón y cogió la cadena.

—¡Bravo! —exclamó Fenris, al ver el colgante suspendido en el aire frente a él.

Kai se volvió hacia Dana.

—Volveré para buscarte —prometió, y la besó suavemente en la frente.

Dana quiso retenerlo a su lado, pero ni siquiera ahora logró cogerle la mano. Entre lágrimas, vio cómo Kai se perdía en la oscuridad.

Maritta estaba de pie, cerca de la puerta. Frecuentemente, lanzaba miradas nerviosas hacia atrás. ¿Por qué no regresaban Dana y el elfo? Le habría preguntado al Maestro, pero éste le había ordenado que no le molestara, porque, si el ritual se interrumpía, la magia se desbocaría y sucederían cosas terribles.

Ahora, el mago estaba sentado frente al pozo con las piernas cruzadas y los ojos cerrados. Recitaba una salmodia incomprensible y a veces lanzaba al aire polvos dorados que se difuminaban en una lluvia multicolor. Estaba claro que no iba a ayudarla, de modo que Maritta decidió salir ella misma a buscar a Dana.

Entonces descubrió con horror que no podía mover las piernas. Intentó gritar, pero tampoco pudo. ¿Qué era aquello? Estaba clavada en el suelo.

Cualquier otro enano se habría sentido aterrado al comprender que lo habían hechizado, pero Maritta llevaba muchos años en la Torre y había visto muchas cosas relacionadas con la magia. El Maestro la había embrujado para que no se moviera y no dijera nada, probablemente porque temía que no fuera capaz de quedarse quieta y callada para que el ritual marchara bien.

Pero, si sólo era eso, ¿por qué Dana no volvía? Allí se estaba cociendo algo muy feo.

De pronto Maritta sintió algo duro y frío en su mano, y dio un respingo. Levantó el brazo y miró el objeto con suspicacia, y vio que era un amuleto de metal: una luna en cuarto creciente que sujetaba entre sus cuernos una estrella de seis puntas.

El colgante de Dana.

Maritta se estremeció. Ignoraba cómo había llegado aquello a sus manos, pero no dudaba ahora que, de alguna forma, su amiga intentaba ponerse en contacto con ella.

Estaba pensando en ello cuando notó que una fuerza la empujaba hacia un lado. Maritta abrió la boca para gritar de puro terror, pero el hechizo del Maestro se lo impidió. Fue una suerte, porque de otro modo él se habría dado cuenta de que pasaba algo raro.

Aquel «algo» seguía empujándola, pero Maritta continuaba sin poder moverse. Movió los brazos como si fueran aspas de molino para no perder el equilibrio, y se dio cuenta de que ese «algo» la empujaba insistentemente... hacia la puerta.

Hacia Dana.

La enana no se planteó más qué era lo que tiraba de ella con tanta fuerza. No sabía a ciencia cierta hasta dónde llegaban los poderes de Dana, pero intuía que, estando el amuleto de por medio, aquello sólo podía ser obra suya.

«¡Mi niña me necesita!», se dijo, y una terrible furia la invadió por dentro. No pensaba perder a Dana también. Aquel viejo mago había llegado demasiado lejos. Abrió la boca de nuevo y luchó por desasirse. Levantó un pie, con un tremendo esfuerzo, y después el otro.

El hechizo se había roto.

Maritta se apresuró a correr hacia la puerta. Sus botas crujían contra el suelo de mármol, pero el Maestro, absorto en su ritual, no se dio cuenta. Demasiado confiado, había estado convencido de que su hechizo de parálisis era indestructible, y en cierto modo tenía razón; pero no había contado con que, si bien los enanos eran la raza más negada para la magia, eran también la más inmune a sus efectos, debido a su fuerte carácter, a su voluntad inquebrantable y a su reticencia a creer en maravillas.

Maritta corrió por el pasillo sin mirar atrás. Vio al fondo a Alide y Lunaestrella, que rondaban desconcertados en torno a la escalera de mármol que llevaba a la trampilla de la cabaña, pero no había ni rastro de Dana y Fenris.

La misma fuerza misteriosa que antes la había empujado la frenó ahora bruscamente.

—Pero, ¿se puede saber qué quieres? —rezongó la enana.

La fuerza siguió empujándola a un lado y a otro, hasta situarla en un punto muy concreto.

Luego, desapareció. Maritta no la vio ni la oyó, pero, de alguna forma, supo que se había ido.

Instantes después oyó (o más bien «pensó») la inconfundible voz de Dana, que decía, vacilante:

«¿Maritta?»

XII

EL REGRESO DE AONIA

*D*ANA AGUARDÓ unos segundos, conteniendo el aliento; entonces la exasperada voz de la enana resonó en todos los rincones de su prisión mágica:

—¿Qué es esto, niña? ¿Qué artes endiabladas estás usando conmigo?

Dana miró a Fenris, eufórica, y después a Kai, que había regresado a su lado.

«Si te mueves un solo palmo de donde estás perderemos el contacto», le advirtió a Maritta, «porque te encuentras en el mismo lugar en que estamos nosotros, encerrados en una especie de pliegue o agujero en el espacio».

—Cuéntaselo todo —propuso Kai.

Dana sondeó la mente de Maritta para averiguar dónde estaba el Maestro, y lo que halló allí le pareció estupendo. A continuación, pasó a contarle telepáticamente a Maritta todo lo que había ocurrido desde la noche en que Aonia se le había aparecido en su habitación y, cuando terminó, percibió con sorpresa e inquietud que la mente de Maritta era ahora un confuso torbellino de recuerdos.

«¿Qué sucede?», le preguntó con preocupación.

—Aonia confió en él... y él la traicionó —musitó Maritta—. Por eso ahora ella vuelve para vengarse.

Todas y cada una de sus palabras resonaron con terrible claridad en la prisión mágica. Dana, Fenris y Kai cruzaron una mirada atónita. «¿Qué es lo que sabes?», preguntó Dana lentamente.

—Llegó a la Torre en plena tormenta de nieve —rememoró la enana; hablaba en voz baja porque temía que el Maestro la oyera, aunque él estaba demasiado lejos y demasiado ocupado como para hacerlo—. Era un niño pálido, delgado y enfermo, y Aonia lo acogió en su casa, porque en la Torre todos eran bienvenidos. Lo crió como si fuera su hijo, y le enseñó el arte de la hechicería.

»En cambio, yo siempre supe que él no la quería. No quería a nadie salvo a sí mismo.

»Yo no era más que la cocinera de la Torre, pero Aonia confiaba en mí, y a menudo bajaba a hacerme visitas; apreciaba mi sensatez, decía. Me contaba cómo iba creciendo el muchacho, y lo orgullosa que estaba de él. Pero, cuando alcanzó la adolescencia, la Señora de la Torre empezó a entrever en él una ambición desmedida que podría traerle problemas. Lo atribuía a la rebeldía propia de la edad. ¡Pobre Aonia!

Maritta suspiró. Ninguno de los prisioneros se atrevió a pronunciar una sola palabra.

—Corrían muchos rumores sobre la Señora de la Torre —prosiguió Maritta—. Uno de ellos, uno de tantos, decía que ella poseía el poder del unicornio. Algo debía de haber de cierto en ese rumor, puesto que el muchacho lo creyó.

»No sé muy bien cómo ocurrió. No sé cómo pudo ese adolescente flaco y paliducho rebelarse contra Aonia, ni sé cómo pudo vencerla. Quizá ella no esperaba esa traición, o quizá no quiso aceptarla.

»Perdimos a la Señora de la Torre a manos de su desagradecido hijo; fue una muerte que el valle lamentó durante mucho tiempo. Pero hubo otras consecuencias...

—La maldición —susurró Dana.

—El joven había olvidado la regla primordial de las escuelas de hechicería: un aprendiz jamás debe rebelarse contra su Maestro, porque, si lo hace, su maldición le perseguirá eternamente...

Fenris se estremeció, y miró a Dana, que entendió al instante lo que estaba pensando: era exactamente lo que ellos iban a hacer.

—Aonia murió, pero antes maldijo a su aprendiz y a toda criatura que se atreviese a ocupar la Torre. La maldición se extendió a todo el Valle de los Lobos; los habitantes de la Torre salieron huyendo y sólo quedamos él y yo.

Nueva pausa. Dana adivinaba la emoción temblando en la voz de bajo de Maritta.

—Me escondí en la cocina, aterrada, mientras los lobos, nuevos guardianes de la Torre, entraban para atrapar al maldito y hacerlo pedazos. Pero él resistió sin parar de buscar algo en las habitaciones de la Dama Dorada.

»Por todo el valle resonó su grito de frustración cuando descubrió que Aonia lo había puesto fuera de su alcance. Y yo, oculta bajo la pila de fregar, creí que los lobos habían dado con él, y que la maldición de la Señora se había cumplido.

»Los lobos salieron de la Torre sin reparar en mí; pero siguieron impidiendo el paso a los viajeros, de modo que supuse que él había escapado, y que el alma de Aonia aún clamaba venganza.

»Así pasaron varios años. La magia de la Torre seguía funcionando y por eso sobreviví gracias a la despensa encantada de la cocina. Nunca me atrevía a aventurarme fuera, donde los lobos montaban guardia implacablemente.

»Hasta que una tarde regresó el maldito por el camino del valle. Traía compañía, y los lobos se apartaron a su paso. Franqueó la verja mágica y subió a lo alto de la Torre para usurpar los aposentos que antes habían sido de su Maestra. Se adjudicó también el título de Maestro y nuevo Amo de la Torre. Nunca me prestó demasiada atención, pero yo siempre supe que había vuelto para buscar aquello que se había convertido en su obsesión: el unicornio y su secreto, el secreto que le había llevado a traicionar a Aonia...

»... Y también supe que algún día ella volvería para vengarse.

Cuando Maritta calló, Dana temblaba como un flan. Clavó su mirada en Fenris.

—Te juro que yo no sabía nada de todo esto —se apresuró a aclarar él.

Su voz llegó hasta la mente de Maritta, que volvió a la realidad:

—¿Está ese elfo contigo, niña? ¿Crees que puedes confiar en él?

Dana miró de hito en hito a Fenris, considerando las opciones que tenía. Sin embargo, no paraba de darle vueltas a una idea: el Maestro la había traído a la Torre porque había supuesto que, vistos sus poderes, Aonia se comunicaría con ella para revelarle la ubicación del Alma de Cristal... y entonces él no tendría más que seguirla para hacerse con la preciada estatuilla.

Pero, si aquello era tan obvio, ¿por qué Aonia había insistido tanto en que la buscara?

«Abre la Puerta.»

Dana dio un respingo. La voz de la hechicera muerta había sonado en su mente con total claridad.

—¿Qué pasa? —preguntó Fenris, al notar su palidez.

Dana arrugó el ceño, pensando que había sido una mala pasada de su imaginación. Pero entonces la voz volvió a hablarle: «Abre la Puerta», y Dana no tuvo más dudas.

—¿Puerta? ¿Qué Puerta? —preguntó.

—¿Qué te está diciendo Kai? —quiso saber Fenris, interesado.

Pero el muchacho estaba tan intrigado como él. Dana negó con la cabeza.

—No es Kai. Es Aonia.

—¡La Señora habla contigo! —susurró Maritta—. ¡Entonces, es verdad!

—Quiere que abra la Puerta —informó Dana—. Me temo que no sé qué significa eso.

—Quiere volver al mundo de los vivos —anunció Maritta—. Para destruir al maldito de una vez por todas.

—Pero, ¿qué es la Puerta? ¿Qué debo hacer?

Kai la miró a los ojos, muy serio.

—¿Aún no lo has entendido? —dijo—. Dana, la Puerta eres tú.

Fenris no había podido oír las palabras del fantasma, pero la reacción de Dana fue muy elocuente y habló por sí sola: la chica palideció y se echó hacia atrás con los ojos desorbitados por el terror.

—*Kin-Shannay* —adivinó el elfo—. El Portal.

—¡Bueno, ya vale! —chilló ella—. ¡Dejad de hablar de esa forma! ¿Qué se supone que debo hacer?

Kai la abrazó para calmarla, y ella cerró los ojos y respiró hondo.

—Proyecta tu mente hacia otra dimensión —dijo él con suavidad—. Busca el lugar de donde procedo, y busca a Aonia. Te estará esperando.

—¿Y dónde está esa dimensión? ¿Dónde debo buscar?

—Dentro de ti.

Dana abrió los ojos sorprendida.

—La vida y la muerte son parte de cada criatura —explicó Kai—. Tu mundo y el mío no son opuestos, sino paralelos y complementarios. Y tú puedes romper la delgada línea que los separa. Eres una puerta entre ambos planos.

—Pero...

—Cierra los ojos y concéntrate en la voz de Aonia. Agárrate a ella con todas tus fuerzas. Está deseando volver, y no la vamos a privar de esa satisfacción, ¿verdad?

Kai sonrió, y Dana sonrió también. En aquel momento habría hecho todo lo que él le hubiese pedido sin dudarlo un segundo, y por eso no le pareció tan complicado hacer de nexo entre el mundo de los vivos y el de los muertos para traer de vuelta a una poderosa hechicera, fallecida hacía medio siglo, que buscaba venganza.

Cerró los ojos, aún sonriendo. «Dana», decía la voz de Aonia. «*Kin-Shannay*. Abre la Puerta.»

Dana olvidó todo lo demás y se centró en aquella voz. La

aisló en su mente y se esforzó en aferrarse a ella, en escucharla cada vez mejor.

«*Kin-Shannay*. Abre la Puerta.»

Dana acudió al encuentro de aquella voz que la llamaba con tanto apremio. Su mente buceó en las profundidades de su alma y caminó sobre la frontera entre la vida y la muerte...

«Abre la Puerta.»

... para traer a la legítima Señora de la Torre de vuelta a casa.

«La Puerta...»

De vuelta a casa.

Dana palideció, boqueó un poco como si se asfixiara y sus manos se agitaron en el aire tratando de aferrar algo sólido. Sus dedos se cerraron en torno a una mano cálida, real y consistente. Cayó hacia atrás, inconsciente, y unos brazos la sujetaron con firmeza.

Su corazón dejó de latir y su respiración se detuvo. Su cuerpo estaba entre la vida y la muerte, pero su pensamiento había cruzado ya aquella barrera.

Y se encontró frente a frente con Aonia, la Señora de la Torre, la archimaga que había sido traicionada por su aprendiz, al que había criado como si fuera su propio hijo. Vista allí era mucho más hermosa y magnífica, y Dana supo que, si conseguía volver, el Maestro iba a tener serios problemas.

Aonia sonrió.

«Déjame volver a casa», le pidió, y su voz no sonó en los oídos de Dana, sino en su corazón.

La muchacha le tendió la mano.

«Cuando desees, Señora.»

La blanca mano de la hechicera estrechó la suya. Estaba mortalmente fría, y Dana recordó que aquella mujer era un espíritu, y que ella había ido a buscarla a su propia dimensión.

No pudo pensar mucho más. Todo empezó a girar y ambas, aún cogidas de la mano, emprendieron un vertiginoso viaje de vuelta al mundo de los vivos.

El cuerpo de Dana se arqueó y sufrió un espasmo. Bruscamente, la muchacha volvió en sí y levantó la cabeza con los ojos como platos. Abrió la boca tratando desesperadamente de respirar; se asfixiaba. Temblaba de miedo y de frío, pero se sintió inmediatamente reconfortada al notarse bien sujeta por unos sólidos brazos.

—¡Kai! —dijo sonriendo.

—¿Kai? Me temo que no —le respondió la suave y melódica voz del elfo.

Dana miró mejor y vio que estaba en brazos de Fenris. También vio, por encima del hombro de su amigo, a Kai, que los observaba un poco más apartado, con gesto abatido.

Se apartó de un salto y observó a su alrededor.

—¿Estás bien? —le preguntó Kai, preocupado.

Dana tenía otras cosas en la cabeza.

—¿Dónde está Aonia? —preguntó a su vez—. ¡Venía conmigo!

Los dos la miraron con curiosidad.

—Aquí seguimos estando sólo nosotros tres —observó Kai.

Pero entonces una brillante luz hendió la semioscuridad de su celda mágica... y de pronto se vieron los tres sentados en el suelo de mármol del pasillo, desconcertados y sin saber muy bien qué había pasado. Lunaestrella vio a su dueña y trotó alegremente hacia ella para saludarla.

—Qué... —murmuró Dana, confusa.

Junto a ellos y los dos caballos sólo estaba Maritta, plantada de pie y con los brazos en jarras.

—Ya es hora de que nos divirtamos un poco —dijo la enana con una extraña sonrisa y, dando media vuelta, se dirigió con paso firme hacia el final del pasillo... hacia la entrada del templo.

—¡Está loca! —dijo Fenris, boquiabierto—. ¡Debemos salir de aquí y escapar mientras podamos!

Dana iba a detener a Maritta, pero la mano incorpórea de Kai se lo impidió con un gesto, y la aprendiza lo miró, intrigada. En la expresión del chico había algo que le llamó la atención: una mezcla de regocijo, comprensión y curiosidad, mientras no le quitaba ojo a la enana que ya franqueaba la puerta de la sala de la Madre Tierra.

—¡Vamos con ella! —dijo Kai, y echó a correr tras Maritta.

Dana abrió la boca para protestar, pero el entusiasmo de su amigo siempre había sido una enfermedad extremadamente contagiosa, de modo que lo siguió.

—¡Eh! —dijo Fenris—. ¿Adónde vas?

Dana no lo escuchó; el mago elfo dudó un momento entre la puerta del templo y la escalera que llevaba a la cabaña, y finalmente su intuición le dijo que siguiera a Dana.

Maritta se había deslizado hasta el interior de la sala y ahora ocupaba el lugar que había abandonado antes para correr en auxilio de Dana. El Maestro acababa en aquel momento la primera parte del ritual, sin haberse percatado de su escapada. Se volvió hacia ella, sonriente.

—¿Aún sigues ahí, querida?

Maritta le dirigió una sonrisa encantadora. El Maestro notó algo raro y sondeó su mente... pero se tropezó con una barrera impenetrable.

Gruñó algo, y se dijo que seguramente estaba demasiado cansado y que no era nada importante. Hizo un gesto con la mano para deshacer el hechizo de parálisis, sin darse cuenta de que ya hacía rato que estaba desbaratado.

—Acércate —dijo, y Maritta obedeció.

El Maestro se frotó un ojo. Estaba cansado, sí, pero debía concluir el ritual para que el Alma de Cristal acudiera voluntariamente a él.

Ello incluía un sacrificio humano.

El Maestro suspiró. En un principio había pensado en Dana, pero el unicornio parecía apreciarla, y habría sido contraproducente sacrificarla a ella. En cuanto al elfo, aún podía serle útil.

Suspiró de nuevo. Suponía que no habría problema en

sacrificar a una cocinera enana vieja y cabezota, puesto que no tenía otra cosa mejor.

La daga ceremonial, con la empuñadura cuajada de piedras preciosas, yacía en el suelo frente a él. La cogió y alargó la otra mano para agarrar a su víctima y paralizarla de nuevo, pero ella dijo:

—Suren, has caído muy bajo. No imaginaba que olvidarías tan pronto todo lo que yo te enseñé.

El Maestro se puso rígido. Hacía más de medio siglo que nadie le llamaba por su nombre, un nombre maldito que estaba seguro había muerto con la persona que se lo había puesto tanto tiempo atrás.

Miró a Maritta; los ojos de aguilucho de la enana estaban clavados en él con firmeza, resolución... y una pizca de compasión.

—¿Ya te has olvidado de mí? —prosiguió ella, con voz suave y clara—. Te crié como a un hijo y te enseñé la magia. No tenías hogar ni familia y yo te di ambas cosas. Y no sólo te levantaste contra mí, sino que, además, has usurpado la Torre, y ahora vas en busca de algo que tu miserable corazón no merece.

Los labios del hechicero escupieron una sola palabra:

—¡Aonia!

La enana sonrió con amargura.

—¿Te sorprende encontrarme aquí? Tú sabías quién era tu alumna, y querías que yo le mostrase el camino hasta el templo; sabías que lo haría porque la elegiría a ella para entregarle el poder del unicornio. Pero pensaste que no lo lograría, ¿verdad? Has subestimado a tu discípula, Suren. Pensabas que ella no estaba preparada para traerme de vuelta a casa.

El hechicero gritó algo ininteligible y descargó la daga contra Maritta, aquella molesta enana que lo atormentaba con las voces del pasado. Pero ella, con la rapidez del relámpago, alzó las manos y de sus labios salieron, altas y seguras, las palabras de un conjuro. El Maestro salió violentamente despedido hacia atrás; su espalda chocó con estrépito contra la pared de la caverna.

—Me derrotaste una vez, pero no volverás a hacerlo —anunció Maritta lúgubremente—. Ya he aprendido que, cuando se trata de ti, no cabe la compasión.

Desde la puerta, Fenris y Dana miraban la escena sin poder creer lo que veían. Dana no había imaginado que su amiga fuera una hechicera tan diestra.

—Aonia ha vuelto a casa —explicó Kai, con una sonrisa—. Tú le permitiste el paso a este mundo; después sólo necesitaba un cuerpo para poder enfrentarse al traidor... y encontró a Maritta.

Dana lanzó una exclamación ahogada. El rostro de Fenris presentaba una expresión sombría, y ella supo que él también había adivinado lo que estaba pasando.

Maritta avanzaba aproximándose cada vez más al viejo Maestro, que se encogía contra la pared.

—La maldición de Aonia lleva mucho tiempo acosándote —dijo ella—. Ya es hora de que te alcance y se cumpla tu destino, que sellaste con sangre el día en que me mandaste al mundo de los muertos.

Súbitamente cuatro enormes lobos grises se materializaron detrás de Maritta. Dana, en la puerta, se encogió de miedo y se arrimó a Fenris; pero los lobos tenían los ojos fijos en el Amo de la Torre. Sus largas lenguas colgaban entre unos colmillos afilados como puñales.

El Maestro gimió de terror y comenzó a conjurar.

—Los lobos saben que el elfo no es el único que no duerme en la Torre —dijo Maritta—. Que sus aullidos pueblan tus peores pesadillas, y que no dejas de oírlos ni siquiera cuando pasas las noches en vela. En el fondo has sabido siempre cuál iba a ser tu final.

El Maestro terminó su hechizo y alzó las manos sobre la cabeza. De sus dedos brotaron chispas azules... que se desvanecieron al instante. Él se miró las manos, aturdido.

—¡La magia no...! —empezó, pero enmudeció cuando los lobos comenzaron a gruñir.

—Ya no tienes poder sobre mí —le aseguró Maritta—. Tu magia no funciona porque ha llegado tu hora. Los espíritus de los muertos claman venganza.

El mago, acorralado contra la pared, se dejó caer sobre sus rodillas y hundió la cabeza y los hombros, derrotado. Dana contenía el aliento; conocía el inmenso poder del Maestro y se le hacía extraño verlo así, indefenso como un niño.

Pero Maritta lo observaba ahora con una mezcla de curiosidad y compasión.

—Ven —le ordenó—. Asómate al pozo y dime lo que ves.

El mago la miró, receloso. Pero los lobos se apartaron para dejarle paso, y Maritta repitió:

—Acércate y mira en el pozo.

El Maestro obedeció por fin. Se acercó al Pozo de los Reflejos, se arrodilló junto a él y se asomó.

—Veo el Alma de Cristal —dijo al cabo de un rato.

—Sólo ves lo que quieres ver. Mira mejor.

El Maestro se pasó la lengua por los labios y volvió a asomarse.

Pasaron unos minutos eternos, hasta que el viejo mago dio un grito desgarrador y se apartó del pozo cubriéndose la cara con las manos.

—¿Qué habrá visto? —murmuró Dana, estremeciéndose, pero sus amigos no respondieron.

El poderoso Amo de la Torre yacía ahora en el suelo, encogido sobre sí mismo, sollozando. Sus delgados hombros temblaban como si un frío glacial se hubiera apoderado de todos sus huesos.

Maritta se inclinó sobre él.

—¿Quieres saber qué es lo que has visto? —y le susurró algo al oído.

El Maestro apartó el rostro de las manos, con una expresión de absoluto terror.

—Ahora ya lo sabes —le dijo Maritta—. Ahora ya comprendes cuál es el tesoro del unicornio, y por qué no te estaba destinado a ti.

Pero, mientras la enana hablaba, Dana percibió un cambio en la cara del Maestro.

—¡Maritta! —gritó para avisarla, pero era demasiado tarde.

Con un aullido de rabia, el hechicero se irguió, y una explosión de magia barrió todo lo que había a su alrededor. Incluso Maritta fue lanzada hacia atrás, y Fenris y Dana apenas pudieron protegerse tras las columnas de la puerta del templo. Cuando Dana volvió a mirar, los lobos habían desaparecido, Maritta estaba sentada en el suelo y el Maestro, lleno de fuerzas, se alzaba en el centro de la estancia.

—Quieres jugar, ¿eh, Aonia? —dijo, y rió; estaba totalmente fuera de sí, y Dana temió que hubiera perdido la razón—. De acuerdo, pues; jugaremos. Dices que subestimé a Dana; tienes razón, querida Maestra. Pero también tú me subestimaste a mí una vez, y acabas de volver a hacerlo. Has pasado muchos años al Otro Lado, sin ejercitar tu magia, mientras que yo ya no soy aquel torpe aprendiz que conociste. Te desafío, Aonia. Pero no aquí. Jugaremos en mi terreno.

Miró hacia donde se ocultaban Dana y Fenris, y la chica sintió que le flaqueaban las piernas cuando la expresión del Maestro se torció con una malévola sonrisa.

—¡No! —gritó Fenris.

—Sí —dijo el Maestro—. Sí, mi buen aprendiz.

Hubo un fogonazo de luz, y Dana cerró los ojos.

Cuando los abrió, todo estaba en silencio. Dana miró a su alrededor. Vio a Kai, vio a Maritta, que se levantaba del suelo... pero no había ni rastro de los lobos, ni de Fenris, ni del Maestro.

—Él tenía razón —dijo Maritta a media voz—. Lo he subestimado. La desesperación le ha dado fuerzas, y ahora nos lleva ventaja.

—¿Que nos lleva ventaja? —repitió Dana—. ¿Dónde está?

—¿No lo adivinas? Ha vuelto a la Torre.

—¡Por eso se ha llevado a Fenris! —comprendió Dana—. ¿Pero qué ha pasado exactamente?

—¿De veras quieres saberlo? —replicó Maritta, mirándola fijamente—. Acércate.

Dana se aproximó a ella, intrigada, pero se detuvo en seco al entender lo que pretendía.

—Asómate al pozo y dime qué ves —ordenó la enana.

Dana la miró, sin comprender por qué su amiga la trataba igual que al Maestro.

—¿No me has oído? —insistió Maritta.

Como Dana no se movió, Maritta se plantó junto a ella en dos zancadas. Alzó la mano y le brillaron los ojos momentáneamente... y Dana cayó de rodillas frente a ella.

—No oses desafiarme, muchacha —dijo, con un tono peligroso en la voz—. Obedece.

Dana se sintió desfallecer cuando su cuerpo comenzó a moverse hacia el pozo contra su voluntad.

—¡No! —gritó Kai, y corrió para ayudarla, pero Maritta hizo otro gesto, y el chico se detuvo como si acabara de chocar contra una pared invisible—. ¡Dana! —gritó, furioso, y golpeó con los puños el muro mágico que le impedía avanzar.

Maritta no se inmutó. Dana se había inclinado sobre el pozo; no quería mirar, porque había visto lo que le había sucedido al Maestro, pero la magia de la enana la empujaba a abrir los ojos.

—Dime qué ves —repitió Maritta.

Dana, muerta de miedo, miró, y se concentró en aquel punto brillante del fondo del pozo. No podía distinguirlo bien ni saber de qué se trataba, pero se armó de valor, se esforzó en intentarlo y pronto las ondas del agua fueron tomando consistencia y formando una imagen.

Dana quiso retroceder, temerosa de ver algún terrible monstruo o demonio; pero descubrió con asombro que lo que el pozo le mostraba era la imagen del unicornio avanzando hacia ella...

La muchacha siguió mirando, maravillada. La imagen se difuminó para dar paso a una brillante aureola irisada que relumbraba con todos los colores del arco iris y muchos más. Era algo tan hermoso que se le llenaron los ojos de lágrimas. Sintió de pronto una inefable sensación de paz y felicidad, y sonrió mientras aquella luz llegaba hasta ella y la envolvía por completo.

Entonces una mano tiró de su hombro suavemente y la separó del pozo. Dana se apartó de mala gana y se encontró con los ojos de Maritta, que ahora la miraban con cariño, alegría y esperanza.

—¿Qué es lo que he visto en el pozo? —se atrevió a preguntar Dana.

Los labios de Maritta se curvaron en una sonrisa.

—Tu propia alma —dijo.

Dana se quedó sentada en el suelo, anonadada. No se dio cuenta de que Kai se acercaba a ella.

—La has enseñado bien —le dijo Maritta al chico; nada escapaba ahora a sus ojos, porque el espíritu de la poderosa Aonia miraba a través de ellos—. Te felicito; no sería ahora la misma persona de no haber recibido tu influencia.

—¿Qué está pasando? —musitó Dana, y agradeció la presencia de Kai, que se inclinó a su lado—. ¿No está el Alma de Cristal en el fondo del pozo?

—Tu Maestro interpretó mal las palabras de los sabios —dijo Maritta—. No hay nada en el fondo del pozo. Sólo el reflejo del alma de la persona que se asoma a él. Lo que ha visto el Amo de la Torre ha sido terrible para él, y lo ha trastornado completamente. En cambio tú...

—Yo he visto cosas maravillosas —susurró Dana.

—Bueno es —asintió Maritta—. Todos hemos aprendido algo hoy, y yo he aprendido que no puedo vencerle sola. Voy a necesitar tu ayuda, Dana.

—¿Mi ayuda? —repitió ella sorprendida y algo asustada—. Sólo soy una aprendiza.

—Serás mucho más que eso cuando el unicornio te dé su poder. Por eso quise que te trajera aquí.

Dana sacudió la cabeza.

—No entiendo... —empezó, pero sí entendía.

—Pero antes —añadió Maritta—, debemos ir a la Torre y enfrentarnos a él. Y, después, ya veremos.

Dana calló un momento. Luego miró a Kai y dijo, a media voz:

—Yo no quiero matar al Maestro. Pero sí quiero rescatar a Fenris, porque es mi amigo. Sólo por eso iré contigo a la Torre y lucharé contra él.

—No esperaba menos de ti —dijo Maritta, sonriendo con aprobación.

Hizo un pase mágico con la mano. Inmediatamente, los tres desaparecieron de allí y el templo de la Madre Tierra volvió a quedarse en silencio.

XIII

LA PRUEBA DEL FUEGO

*E*N LO ALTO de la Torre, el Maestro trabajaba incansablemente. Su enorme estudio se hallaba en un gran desorden; objetos mágicos, hierbas de distintos tipos y amuletos protectores se desparramaban por las estanterías, y una pila de volúmenes encuadernados en piel se amontonaba sobre el escritorio. El fuego crepitaba en la chimenea, iluminando parcialmente la estancia, sobre la cual flotaba una niebla mágica procedente de un pequeño incensario que, abandonado en un rincón, dejaba escapar volutas de humo que cambiaban de color a cada instante: azul, rojo, amarillo, violeta, verde, negro...

El Amo de la Torre estudiaba unos manuscritos con gran interés. De vez en cuando, sus labios dejaban escapar alguna palabra mágica. Al fondo, el gran ventanal estaba abierto de par en par, y Fenris se hallaba asomado al exterior, de espaldas al estudio. Fuera había estallado una tormenta de nieve, pero el elfo no parecía notarlo, concentrado en su tarea de mantener alejados a los lobos que rondaban cerca de la verja. Podía ver sus ojos amarillos clavados en lo alto de la Torre, y sabía que lo miraban a él y que, mientras él estuviese allí, no se atreverían a aproximarse más. «Quizá debería dejar que entraran», se dijo Fenris amargamente. «Al menos así haría algo útil.»

El Maestro se volvió rápidamente hacia él, y el mago elfo supo que, una vez más, había leído en sus pensamientos como en un libro abierto. Suspiró; por primera vez se daba cuenta de lo solo que había estado todos aquellos años en la Torre.

—Dana y Aonia pronto estarán aquí —le dijo al Maestro, sin volverse para mirarlo.

—Lo sé —se limitó a responder el hechicero—. Las estoy esperando.

Fenris se encogió de hombros. En el templo había tenido por un instante la esperanza de que el espíritu de Aonia, encarnado en el cuerpo de la enana Maritta, lograse derrotar al Maestro; pero no había sido así, y, ahora que él estaba en la Torre, sería aún más difícil vencerlo.

El elfo miró de reojo a su mentor, que había vuelto a centrarse en los manuscritos. No sabía qué había visto el viejo mago en el fondo del Pozo de los Reflejos, pero lo que sí parecía claro era que esa visión había truncado por completo su vieja ambición de poseer el espíritu de un unicornio. ¿Qué iba a hacer el Maestro ahora? Fenris no lo sabía, pero sospechaba que nada bueno. El Amo de la Torre, que habitualmente se mostraba sereno y siempre lo tenía todo bajo control, caminaba ahora nervioso de un lugar a otro, farfullando palabras ininteligibles y con expresión extraviada. Fenris temía que se hubiera vuelto loco. «Pero eso tampoco cambiaría mucho las cosas», pensó, ya sin importarle que el mago leyese en su mente.

Suspiró de nuevo y dirigió su mirada al exterior. Los copos de nieve azotaban con furia las vetustas paredes de la Torre. A los pies de la alta construcción, los lobos seguían vigilando, esperando un momento de distracción de aquel terrible elfo-lobo para entrar y ajustarle cuentas al traidor que durante tantos años había usurpado la Torre. «Debería dejarles entrar», se repitió a sí mismo Fenris, con seriedad.

—Ni lo sueñes, aprendiz —dijo el Maestro; Fenris ya no era un aprendiz, pero al Amo de la Torre le gustaba recordarle su superioridad sobre él—. Inténtalo y morirás antes de que la primera de esas alimañas logre poner una pata en el jardín.

El elfo no contestó. En realidad, ya nada le importaba.

Ahora que el Maestro había vuelto a casa, el poder de la Torre lo haría más fuerte, y ni siquiera Dana y Aonia juntas lograrían derrotarlo.

No tenía más remedio que resignarse. Los Maestros magos podían llegar a ser extraordinariamente longevos, quizá tanto como un elfo normal; y, si eso sucedía con el Amo de la Torre, Fenris tendría que hacerse a la idea de que pasaría los seiscientos años que le quedaban de vida atado a aquel lugar, vigilando desde las almenas a los lobos de las montañas.

El Maestro dejó escapar una risa ahogada. Fenris no se molestó en replicar.

Era evidente que el mago consideraba muy divertida la posibilidad de tener allí prisionero a su aprendiz durante medio milenio más.

Dana, Kai y Maritta se materializaron en la cocina, que ahora estaba vacía, fría y oscura, y ya no parecía el refugio acogedor que Dana había conocido durante toda su adolescencia.

—¿Qué hacemos ahora? —preguntó Kai.

—Es seguro que el Maestro ya sabe que estamos aquí —respondió Dana, y miró a Maritta—. ¿Por qué hemos aparecido en la cocina? Ahora tenemos que subir los doce pisos hasta la cúspide de la Torre. Hemos perdido el factor sorpresa.

La enana no respondió. Estaba hurgando en un baúl, y Dana se acercó con curiosidad. Finalmente, Maritta terminó con su búsqueda.

—Toma —le dijo a Dana, y le arrojó una prenda—. Ponte esto.

Dana lo miró. Se trataba de una capa gris, a simple vista muy normal; pero la aprendiza, con aquel sexto sentido que le permitía distinguir las cosas mágicas, supo que no lo era.

—Es una capa de camuflaje —explicó Maritta, envolviéndose en otra capa similar—. Ocultará tu mente y tu energía mágica a los sentidos del Maestro y, aunque él haya percibido que hemos llegado a la Torre, no sabrá dónde estamos exactamente.

Dana miró a su amiga con sorpresa, pero se apresuró a echarse la capa sobre los hombros.

—La Torre está llena de objetos mágicos muy útiles, a los que el Maestro jamás ha prestado la debida atención —explicó Maritta con una sonrisa—. Pero aún nos queda un detalle: Kai debe quedarse aquí.

El chico se puso rígido.

—Iré con Dana —replicó—. No voy a dejarla sola.

—Sé que es tu deber —lo tranquilizó Maritta—, y sé también que no la proteges sólo por obligación. Pero el Amo de la Torre puede sentir tu presencia. La mejor forma de protegerla es alejarte de ella, Kai, al menos por ahora.

Kai lo comprendió, pero miró a Dana abatido.

—No quiero dejarte ir —le dijo en voz baja—. Es muy peligroso.

—Volveré contigo —le prometió ella en el mismo tono de voz—. Yo tampoco quiero separarme de ti.

Maritta la esperaba ya en la puerta, y Dana tuvo que despedirse de Kai. Sus dedos rozaron los del fantasma que durante tantos años había sido su mejor amigo, y por un instante le parecieron cálidos y vivos como los de ella. Sintiendo que algo en su interior se quedaría en la cocina con Kai, Dana se separó de él y se reunió con Maritta.

En silencio, ambas salieron de allí y, como sombras, emprendieron la subida a lo alto de la Torre.

El Maestro se detuvo un momento en el centro del estudio y frunció el ceño.

—¿Dónde están? —gruñó—. ¿Dónde se han metido?

Fenris, aún en la ventana, lo miró de reojo y sonrió para sí. Pero el viejo mago no estaba derrotado, ni mucho menos. Pronunció las palabras de un hechizo, hizo un pase mágico con la mano e inmediatamente apareció en el aire frente a él una imagen de la Torre en pequeño. El Maestro la estudió con atención y, a un nuevo gesto de su mano, la imagen empezó a rotar sobre sí misma, lo cual le permitió al mago observarla desde todos los ángulos.

—Se han camuflado —adivinó—. Muy listas. Pero... ¿qué es esto?

En la planta baja de la Torre inmaterial destellaba un pequeño punto de luz azul.

—¿En la cocina? No creo que se queden allí tanto tiempo, ¿eh? Es un señuelo.

Siguió observando el punto de luz. Al cabo de un rato, esbozó una media sonrisa.

—Vaya —dijo, realmente interesado—. Pero si es Kai.

Y a Fenris no le gustó nada el tono de su voz.

Dana y Maritta subían por la enorme escalera de caracol. La enana jadeaba, agotada.

—Hubo un tiempo en que podía subir sin problemas —le confió a Dana—. Cuando era una hechicera joven y gobernaba en la Torre. Pero a Maritta nunca le gustaron las escaleras y, al fin y al cabo, estoy dentro de su cuerpo.

Dana asintió, diciéndose a sí misma que era Aonia quien le estaba hablando, y no Maritta. A veces resultaba difícil recordarlo.

—¿Por qué no nos teletransportamos hasta allí?

—El más mínimo hechizo y ni todas las capas de camuflaje de la Torre lograrían ocultarnos del Maestro, Dana —le advirtió Maritta—. Tenlo presente.

Dana asintió. Siguieron subiendo las escaleras, planta tras planta. A la aprendiza nunca le había parecido la Torre tan alta como en aquellos momentos.

—Mis queridas damas...

Dana y Maritta se frenaron en seco. La voz del Maestro había sonado con total claridad por toda la Torre, y su eco rebotaba en las paredes de piedra.

—Sé que estáis por ahí fuera, en alguna parte —prosiguió la voz—. No me importa dónde. Sé que podéis escucharme.

La voz hizo una pausa, y a Dana se le puso la piel de gallina. ¿Qué tramaba ahora el Maestro?

—Me dirijo a vosotras, queridas visitantes, para proponeros un trato. Tengo en mi poder a alguien muy querido por una de vosotras; seguramente no querréis que sufra, ¿no es cierto?

Dana se estremeció.

—No te preocupes —dijo Maritta—. No le hará daño al elfo. Sin él no puede defenderse de los lobos.

—Sé lo que estáis pensando —intervino la voz del mago—. Bueno, por una vez no puedo saberlo, ya que tan amablemente os habéis ocultado de mí. Pero puedo imaginarlo perfectamente. Y permitid que os aclare algo: no estoy hablando de Fenris. Me refiero a alguien que habéis dejado abandonado en la cocina.

Dana ahogó un grito y Maritta tuvo que contenerla para que no echara a correr escaleras arriba.

—Es un farol —le dijo—. No puede hacerle daño a Kai; es un espíritu.

La risa suave y baja del Maestro se oyó por los pasillos de piedra.

—*Sul'iketh* —dijo solamente.

La palabra arcana era desconocida para Dana, de modo que se volvió hacia Maritta, y se sintió desfallecer cuando percibió en la semioscuridad que la enana se había puesto mortalmente pálida.

—¿Qué pasa? —susurró Dana, temblando—. ¿Qué es *sul'iketh*?

—Un antiguo conjuro —respondió Maritta.

—¿Y para qué sirve? —quiso saber Dana, cada vez más angustiada.

La enana no respondió enseguida, y Dana sintió que el miedo le acuchillaba las entrañas.

—Para atrapar espíritus —dijo finalmente Maritta—. No

puede hacerle daño a Kai; pero puede encerrarlo en una botella para toda la eternidad.

Dana gimió y se cubrió el rostro con las manos. Jamás debería haber abandonado a Kai, se dijo.

—Lo siento —susurró Maritta—. No pensaba que pudiese correr peligro.

Dana lloraba oculta por la capucha de la capa de camuflaje.

—Sabes que haré lo que sea —murmuró—. Todo lo que me pida, con tal de que deje libre a Kai.

—Sí —asintió Maritta—. Me temo que ése es su trato.

La risa del Maestro volvió a resonar por la escalera.

—Os estaréis preguntando qué es lo que quiero a cambio de la libertad del espíritu —dijo—. Es muy sencillo. Llevaba toda mi vida detrás del secreto del unicornio, y entre las dos me habéis dejado con tres palmos de narices. Bien, bien. Puedo renunciar a la magia del unicornio, pero hay algo en esta Torre mucho más poderoso que él. Le dejaré libre, *Kin-shannay...* si tú trabajas para mí el resto de tu vida.

Dana palideció. Sintió que las piernas le fallaban, y se apoyó en la pared.

—Y para asegurarme de que no me engañas —añadió el hechicero—, pondrás tu mente a mi disposición. Después de eso liberaré a Kai y tú serás mi esclava. Y, por supuesto, le dirás a Aonia que se largue por donde ha venido y no vuelva a poner los pies en el mundo de los vivos.

Dana miró a Maritta buscando consejo.

—No veo ninguna solución —dijo ella con sinceridad—. Podríamos enfrentarnos a él, pero no podríamos obligarle a liberar a Kai... y sólo él puede hacerlo, porque él lo ha atrapado.

—¿Entonces...?

—La decisión es tuya, Dana. Yo no puedo decirte lo que debes hacer.

Dana cerró los ojos. Por su mente cruzaron mil imágenes de Kai, y de ella, y de todo lo que habían vivido juntos, y comprendió que jamás podría darle la espalda y huir de la Torre sabiendo que su amigo estaba en poder del Maestro.

—No puedo dejarlo aquí —dijo a media voz—. ¿Pero cómo sabré que ha cumplido su promesa después de que esclavice mi mente? ¿Cómo sabré que ha liberado a Kai?

—Lo sabrás. Si firmas un pacto con él, estará obligado a respetarlo porque, de lo contrario, tu mente no se sometería a su voluntad. Si él no libera a Kai, tú nunca serás su esclava, y lo sabe.

Dana seguía temblando. Recordaba a Kai corriendo por el bosque, montado sobre Lunaestrella o campando a sus anchas por la granja en la que ambos habían pasado la niñez. Y pensar que ahora estaba... encerrado en un frasco, o en una botella... le partía el corazón.

—Voy a aceptar el trato —le dijo a Maritta—. Kai habría hecho lo mismo por mí.

Ella asintió.

—Entonces, hemos perdido —dijo solamente.

Dana la miró.

—Lo siento. Sabes que habría arriesgado mi vida por tu causa, Aonia. Pero no puedo arriesgar la de Kai. No se lo merece —se llevó las manos al cierre de la capa—. Sal de aquí, huye de la Torre; no dejes que te atrape a ti también.

La capa de camuflaje cayó al suelo en torno a sus pies. Por toda la Torre se oyó el aullido de triunfo del Maestro.

—Muy bien, querida alumna —dijo el mago—. ¿Aceptas, pues, el trato?

—Lo acepto —dijo ella con voz clara y firme.

Maritta gimió.

—Márchate —dijo Dana—. Vete antes de que yo caiga en sus manos, antes de que te descubra.

Maritta la miró un momento y después hizo un pase mágico con la mano. Inmediatamente desapareció, y Dana se halló a solas en la inmensa escalera de caracol.

—Eso está bien —dijo el Maestro—. Ve a la sala de pruebas, Dana. Nos veremos allí y hablaremos.

Dana se estremeció, pero siguió subiendo obedientemente las escaleras. La sala de pruebas estaba en la décima planta. Allí era donde se hacían los exámenes para cambiar de grado, y la chica no podía imaginar por qué el Maestro la había citado en aquel lugar.

Llegó apenas unos minutos después, pero supo enseguida que el Amo de la Torre ya la estaba esperando. Empujó la puerta con suavidad y entró.

La sala de pruebas era un espacio rectangular cuyo suelo estaba recubierto de baldosas adornadas con signos arcanos que, sin embargo, dejaban libre un enorme círculo en el centro de la gran habitación. Las paredes estaban llenas de dibujos de distintos monstruos y criaturas mágicas, por lo que resultaba un lugar bastante inquietante. En el techo brillaban tres enormes lámparas de cristal; una emitía una luz roja, otra una luz violeta y la tercera una luz verde. Al fondo, entre dos enormes candelabros de seis brazos, se alzaba la Silla del Examinador, el trono donde se sentaba el Maestro para evaluar a sus alumnos.

Allí la esperaba el viejo mago. Tras él, de pie, se hallaba Fenris, que apenas la miraba. El elfo no parecía darse cuenta de lo que sucedía a su alrededor, y Dana adivinó que estaba concentrado en controlar a los lobos desde allí.

Dana avanzó hacia ellos, y se le encogió el corazón al ver que a los pies del Maestro había una pequeña botella de color verde. La aprendiza percibió inmediatamente el aura de Kai encerrada allí, y se estremeció. Podía intentar recuperar la botella, pero nunca lograría liberarlo. Sólo el que había capturado a un espíritu sería capaz de ponerlo en libertad de nuevo.

—Ah —dijo el Maestro—. De modo que has llegado. ¿Tienes idea de por qué te he hecho venir aquí?

—Para sellar el trato —contestó ella, y se pasó una mano por el corto cabello negro, con nerviosismo.

—Muy cierto —asintió el Maestro—. Pero hay algo más. Tengo que velar por mis intereses, ¿sabes? Y no es lo mismo tener controlada la mente de una aprendiza que la de una maga consagrada.

Dana lo miró, sorprendida, intuyendo lo que vendría a continuación.

—Hagamos las cosas bien, *Kin-shannay* —concluyó el Maestro—. Te he citado aquí para someterte a la Prueba del Fuego.

Dana sintió que un escalofrío le recorría la espalda. También Fenris se había rebullido, inquieto, en su puesto tras la Silla del Examinador, y Dana se dio cuenta de que no estaba tan ausente como parecía. De todos modos, el elfo estaba tan atrapado como ella, y ahora no podría ayudarla. Estaba sola.

—Pero vos dijisteis que aún no estaba preparada para examinarme.

El mago se encogió de hombros.

—Mala suerte —comentó.

—Pero si yo muero en el intento —objetó ella—, no obtendréis lo que queréis.

—Procura que eso no suceda —le advirtió él—, porque si fracasas tu querido Kai será un fantasma embotellado para toda la eternidad. Y una eternidad es muy, muy larga, Dana...

Dana sintió ganas de saltar sobre el viejo hechicero y sacarle los ojos.

—Yo que tú no lo haría —le advirtió el Maestro—. Ya sabes por qué.

Dana asintió y procuró pensar en cosas más agradables.

—Está bien —suspiró—. Estoy lista —se situó en el centro del círculo y recitó, según las reglas—: Yo, Dana, aprendiza de cuarto grado de la Escuela de Alta Hechicería de la Torre del Valle de los Lobos, me presento voluntariamente —puso una especial ironía en la palabra— a la Prueba del Fuego para convertirme en maga de primer nivel.

El Maestro asintió.

—Se aprueba tu presentación, querida alumna. Te deseamos suerte.

«Seguro que sí», se dijo Dana, y se concentró en recordar todo lo que pudo del Libro del Fuego; sus estudios de hechicería le parecían muy lejanos después de todo lo que había sucedido aquella noche.

—Que dé comienzo la prueba —ordenó el Maestro, y el círculo del suelo se iluminó.

Dana percibió la mirada de Fenris dándole ánimos. Recordaba perfectamente el día en que, tres años atrás, el elfo se había presentado a la temida Prueba del Fuego. Se había preparado durante años y la había superado, pero a un terrible precio. Había tenido que pasar en cama dos semanas recuperándose de graves quemaduras, y en sus ojos había quedado grabada para siempre la impronta de un recuerdo especialmente doloroso que advertía que él nunca volvería a ser el mismo. Dana nunca le había preguntado por la Prueba del Fuego, porque sabía que era algo que a ningún mago le gustaba evocar.

La luz tricolor de las lámparas disminuyó en intensidad, y la sala quedó sumida en una suave penumbra. Dana respiró hondo. Sus músculos estaban tensos, y se esforzó en relajarlos. Debía pasar la prueba, se dijo. Por Kai.

Intentó dejar su mente en blanco, pero alerta, lista para actuar en el caso de que necesitara echar mano de algún hechizo, y comenzó a acumular energía mágica. Fenris había dicho que ella estaba destinada a hacer cosas grandes, y esta idea la animó un poco y le hizo erguirse en el centro del círculo iluminado, del que no debía salir, y en el que tendría lugar el examen.

A su alrededor todo se había puesto oscuro. No podría utilizar sus sentidos mortales; para descubrir los peligros que le acechaban, tan sólo contaba con la percepción extrasensorial de la magia.

Sintió de pronto que algo se acercaba. Se giró rápidamente, mientras la magia se iba acumulando en su interior. Súbitamente una inmensa bola de fuego se abalanzó contra ella, y Dana extendió los brazos y gritó las palabras para crear una barrera mágica, mientras sentía que en su interior explotaba la magia acumulada.

Pero la bola ígnea la atravesó limpiamente. Dana gritó...

—No lo logrará —dijo Fenris al cabo de un rato, y recordó la vez que, un año atrás, había pronunciado aquellas mismas palabras.

El Maestro también pareció evocar la misma escena, porque dijo:

—Esta vez no vas a ir a ayudarla.

Fenris no respondió. Pensaba en Dana con toda la parte de su ser que no estaba centrada en los lobos que cercaban la Torre, y rezaba a quien pudiera escucharle para que su amiga superase con vida la Prueba del Fuego.

¿Y entonces qué?, se preguntó de pronto. Dana sería una hechicera, pero su voluntad quedaría sometida para siempre a la del Amo de la Torre. Y Fenris no quería ni pensar en lo que podría hacer el Maestro con los poderes de una *Kinshannay*.

«No se quedará encerrado en la Torre», pensó el elfo, y se estremeció. Fijó sus ojos almendrados en el aura mágica que les permitía ver a Dana sin que ella descubriese su presencia.

Ni él ni el Maestro percibieron la forma invisible que se movía tras ellos.

Dana cayó extenuada en el círculo. Después de dos largas horas de combate contra el fuego, sentía que no podía resistir ya más. Había sido como intentar domar un potro salvaje, pero el fuego era infinitamente más peligroso y letal. Dana lo había esquivado, lo había detenido, le había ordenado que le obedeciera. Pero el fuego tomaba múltiples formas: gigantescas bolas ígneas, círculos de llamas, pequeños demonios que reían y la provocaban sin cesar... Pero lo peor había sido el dragón. Después de haber acabado con él, Dana había creído que ya había pasado la Prueba del Fuego. Sin embargo, seguían apareciendo enemigos, y la chica no comprendía qué debía hacer. ¿Acaso no había acumulado ya méritos suficientes? ¿Hasta cuándo duraría aquello?

Ahora yacía sobre el suelo embaldosado, agotada, los ojos cerrados, respirando fatigosamente. Su túnica violeta estaba en parte chamuscada y hecha jirones, y su rostro se hallaba sudoroso y ennegrecido.

Dana había combatido contra todas las criaturas del fuego. El último había sido un caballo alado de fuego, que había tratado de aplastarla bajo sus poderosos cascos. La joven por poco había caído fuera del círculo... ¿Había destruido al pegaso de fuego? Creía que sí. Algo había estallado en su interior, se había sentido mucho más poderosa que él, por unos instantes...; luego, aquello había acabado, y, como si hubiera agotado todas sus energías, Dana no encontró ya fuerzas para seguir en pie.

Distinguió de pronto un leve resplandor en la oscuridad, y su corazón se aceleró. No podía haber nada más. Ya no le quedaban fuerzas. Si aquello iba a atacarla, no podría defenderse.

No logró ponerse en pie, ni tampoco crear un círculo protector a su alrededor. Consciente de que iba a morir, escrutó la oscuridad con el corazón en un puño. ¿Qué sería ahora? ¿Un fénix? ¿Más demonios del fuego? ¿Otro dragón?

No tardó en averiguarlo. Lentamente se acercaba el caballo alado que Dana creía haber destruido.

¡No podía ser verdad! Luchó por levantarse, pero sus miembros no la obedecieron. El caballo seguía acercándose, y Dana supo que había llegado el fin.

En un momento pasaron por su mente escenas de toda su existencia, y algo se rebeló en su interior. No podía morir ahora, no ahora que Kai la necesitaba...; quiso con toda su alma levantarse y seguir luchando, pero su cuerpo se negó. El esfuerzo hizo que rodaran lágrimas por sus mejillas, que el calor de la proximidad del pegaso de fuego evaporó casi inmediatamente.

Dana intentó no pensar en nada. El caballo alado se iba acercando poco a poco, y la muchacha cerró los ojos.

Sintió entonces una suave calidez en la mejilla y los abrió, sorprendida. Más le asombró lo que vio.

La criatura le acariciaba suavemente el rostro con el belfo. Sus alas batían lentamente el aire.

Dana no podía creerlo. Estaba segura de que no había levantado ningún círculo de protección a su alrededor. Se hallaba completamente indefensa, como cualquier mortal. ¿Qué pasaba con el corcel de fuego? ¿No era real?

Dana pudo mover un poco la cabeza para mirarlo con atención. Sí, era de verdad. Podía distinguir perfectamente las llamas que emitía cada milímetro de su piel ígnea, podía ver sus ojos, como carbones encendidos, sus enormes y letales alas...

La criatura alzó la cabeza y se tumbó junto a ella.

Dana comprendió entonces. No debía destruir a los seres de fuego; sólo doblegarlos a su voluntad. Después de aquella especie de bautismo brutal, el fuego ya no podía dañarla.

¿De veras? Vacilante, consciente de que no había formulado ningún hechizo de protección, alargó la mano para acariciar las crines del animal mágico.

Fue una sensación muy extraña, única, que Dana no había imaginado jamás. Hasta aquel día podía tocar la tierra, el aire y el agua. Y ahora, tras la prueba final, podía también tocar el fuego. Sus dedos pasaban a través de las llamas y sólo sentía un leve calorcillo en la mano.

Con un esfuerzo casi sobrehumano, la joven maga se levantó y montó cuidadosamente sobre el lomo del caballo de fuego. La criatura se incorporó y batió las alas un par de veces, mirando después a su nueva dueña, como esperando instrucciones.

Dana las esperaba también. Sabía que ya había pasado la

Prueba del Fuego y, en cualquier caso, aunque no fuera así, por muchos dragones, círculos de llamas, demonios que aparecieran: ya no podían dañarla, no podían carbonizarla, porque era inmune al fuego.

Sintió una salvaje sensación de triunfo. «Soy una hechicera», se dijo, y pensó en el imponente aspecto que tendría montada en aquel ardiente caballo alado. «Ahora soy una hechicera.»

No sentía alegría porque sabía que ahora su mente pertenecería al Maestro. Pero, al menos, gracias a ello Kai sería libre.

—Te lo debía, amigo mío —susurró con voz ronca—. Ahora estamos en paz.

Consciente de que el Maestro la estaba observando, Dana dio unas vueltas sobre el caballo de fuego, y finalmente lo hizo alzarse de manos mientras lanzaba un grito de amarga victoria.

EL ADIÓS

*D*ANA HABÍA SUPERADO la Prueba del Fuego. El Maestro asintió, satisfecho. No había esperado menos de ella. Chasqueó los dedos y las tres lámparas de la sala de pruebas se iluminaron nuevamente, bañando la estancia con su luz tricolor. El círculo aún emitía una suave luz blanca, pero el caballo de fuego había desaparecido. Allí sólo estaba Dana, en pie, exhausta y chamuscada, pero desafiante. El Maestro le sonrió, y ella le dedicó un torvo saludo. Entonces el mago chasqueó los dedos de nuevo y la maltrecha túnica violeta de Dana se transformó en una nueva y magnífica túnica roja.

—Enhorabuena —dijo el Maestro—. Ya eres una hechicera de primer nivel.

Dana levantó la barbilla y lo miró con desprecio.

—Sellemos el pacto —dijo—. Deja libre a Kai y mi voluntad y mi magia serán tuyas.

—Sea —asintió el Maestro.

Se levantó de la Silla del Examinador y bajó del estrado hasta colocarse frente a ella. Dana no temblaba, no tenía miedo. Después de lo que había pasado, ya nada le importaba, salvo la libertad de Kai.

Fuera, los lobos aullaron muy alto. Fenris contemplaba la escena con gesto sombrío. «Lo siento mucho, amiga mía», parecía querer decirle. «No mereces esto, pero yo no puedo ayudarte ahora.»

El Maestro extendió hacia Dana la palma de su mano, y

sobre ella apareció la pequeña botella verde que contenía el espíritu de Kai.

—Tu libertad a cambio de la suya —dijo.

Dana asintió.

—Que así sea.

El hechicero sonrió. Alzó las manos sobre ella y comenzó a conjurar en lengua arcana. Dana iba traduciendo casi inconscientemente las palabras del hechizo: «Por todos los poderes del aire y las almas, yo te conjuro, Dana, para que tu voluntad quede ligada a mí para siempre a cambio de la libertad de la criatura sometida bajo el *sul'iketh*. Desearás lo que yo desee, me obedecerás y respetarás como tu único amo y señor, y pondrás tu vida y tu magia a mi servicio para el resto de tu existencia. Por los poderes del aire y de las almas, yo te conjuro, Dana. Tu espíritu me pertenece y la criatura llamada Kai queda libre de mi poder desde este mismo instante».

Dana sintió que un frío glacial le devoraba el alma mientras la consciencia del Maestro entraba en su mente y la exploraba soltando uno por uno los hilos de su voluntad. Los ojos de la joven maga se llenaron de lágrimas, pero se esforzó en mirar al frente, a la botella verde que el Maestro seguía sosteniendo en sus manos. Una fina columna de niebla emergía de ella lentamente mientras la voluntad del Amo de la Torre se apoderaba de la de Dana. Lo último que vio ella con sus propios ojos fue la figura de un muchacho rubio con ojos verdes que se materializaba detrás del viejo hechicero y la miraba con profundo dolor.

Lo último que dijo Dana con sus propias palabras antes de que la consciencia del Maestro se apoderase de ella fue:

—Kai...

Sonrió y cerró los ojos. Cuando los abriera sería esclava del Amo de la Torre, pero eso ya no importaba, porque Kai volvía a ser libre.

La consciencia de Dana cayó a un oscuro y profundo pozo

del que no volvería a salir nunca más, mientras oía la voz de Kai llamándola desesperadamente por su nombre...

«¿Dana?»

Dana no veía, sentía ni oía nada. Pero en algún rincón de su mente sonaba una voz que pronunciaba su nombre.

«Dana. Despierta.»

Dana abrió los ojos por fin. Se sintió extraña, distinta, muy ligera. Se miró las manos y descubrió con terror que podía ver a través de ellas. Quiso gritar, pero su boca no emitió ningún sonido.

«Dana», dijo la voz. «No tengas miedo.»

Entonces, Dana la reconoció. Era la voz de Aonia.

Miró a su alrededor. Estaba en medio de un paisaje de colores extraños y cambiantes, y formas que se difuminaban bajo un cielo de tonos violáceos en el cual no brillaba ningún sol. Una bruma fantasmal lo envolvía todo, y, entre jirones de niebla, se alzaba la hechicera, en pie, delante de ella. Ya no era Maritta, sino solamente Aonia, la archimaga de la túnica dorada, que le sonreía con amabilidad.

«Has recuperado tu cuerpo», observó Dana mentalmente.

«No», respondió ella, y su sonrisa se ensanchó. «Tú has perdido el tuyo.»

«¿¡Qué!?», quiso gritar Dana, pero, aunque sus labios formaron la palabra, de nuevo fue incapaz de hablar. «¿Qué has querido decir con eso?»

«Era la única manera de salvarte, Dana.»

Dana sintió una presencia tras ella y se volvió. Allí estaba Kai, que le sonreía.

«Ahora estamos juntos los dos», dijo el muchacho y, aunque a Dana le parecía maravilloso volverlo a ver, las implicaciones de sus palabras la hicieron estremecer.

Pero Kai alargó un brazo hacia ella y la cogió de la mano, y Dana vio que los dedos de él aferraban los suyos de alguna manera, por primera vez desde que lo conocía.

«Oh, Kai», murmuró, y se acercó a él, y lo abrazó y, aunque fue un contacto extraño, porque ninguno de los dos tenía cuerpo, a Dana le pareció maravilloso. El chico la estrechó entre sus brazos y, Dana lo sintió real y verdaderamente junto a ella. «¿Qué ha pasado?»

«Siento tener que decírtelo», respondió Kai. «Pero me temo que estás en mi mundo. Estás muerta, Dana.»

Ella abrió la boca sorprendida, y sintió miedo y angustia, pero la presencia de Kai la tranquilizó. Estaba junto a él, y los dos eran iguales. ¿No era eso lo que había querido siempre?

«¿Pero cómo...?»

«Teníamos que ponerte a salvo en un lugar donde el Maestro no pudiera alcanzarte», dijo Aonia. «Has cruzado la línea. Ahora mismo tu cuerpo yace sin vida en el suelo de la sala de pruebas en la Torre, y el Maestro estará todavía preguntándose qué le ha pasado a su preciada esclava. Lo siento de veras, Dana, pero era la única forma de rescatarte de su conjuro.»

«No importa», suspiró ella, y abrazó con más fuerza a Kai. «Has hecho por mí lo que yo nunca me habría atrevido a realizar por mi mano. Por fin estoy con Kai. Creo que debo darte las gracias por ello.»

Kai se separó de ella un momento y la miró a los ojos.

«Pero no se ha acabado, Dana. Aún puedes volver.»

«¿Volver?» Dana lo miró a su vez, atónita. «¿Qué quieres decir?»

«Por eso te trajimos aquí», explicó Aonia. «Era la única forma de liberarte del hechizo. Pero no es tu destino morir ahora, joven hechicera. Eres una *Kin-shannay* y todavía puedes volver al mundo de los vivos. Y debes hacerlo para enfrentarte al Maestro y echarlo de la Torre de una vez por todas.»

Dana respiró hondo... o al menos le pareció que lo hacía, pero lo cierto era que ella ya no necesitaba respirar.

«Si vuelvo estaré otra vez lejos de Kai. Y no quiero. No echo nada de menos en la Torre.»

Kai seguía mirándola con expresión seria.

«Debes volver», dijo solamente.

«¿Tú también? Kai, estamos juntos por fin. ¿O es que no quieres?»

«No hay nada que desee más, Dana. Pero no ahora. Tienes una larga vida por vivir. Eso es lo que te espera en la Torre...; eso y dos amigos que necesitan tu ayuda.»

Dana tragó saliva. Fenris y Maritta...

«Comprendo que es un gran sacrificio en tu caso», dijo Aonia, «porque tienes más lazos con el mundo de los espíritus que con tu propio mundo. Pero tu hora aún no ha llegado. Tienes que regresar».

«Deprisa», urgió Kai. «No te queda mucho tiempo. Si no regresas ahora, luego ya no serás capaz de hacerlo. Sólo tienes una vida para vivir, Dana. No la desperdicies como hice yo.»

Dana pensó que, si volvía a la Torre, el Maestro la mataría. No habría mucha diferencia, entonces.

«Por favor», insistió Kai. «Vuelve. Vive.»

«Me pides que renuncie a ti.»

«Eso nunca. Pero cada cosa tiene su momento, y nuestro momento aún no ha llegado. Vuelve a la Torre, Dana. Vuelve a la vida. Por favor.»

Dana lo miró de nuevo y pensó que era pedir demasiado. Pero era Kai quien se lo pedía, y ella no podía negarle nada. Cerró los ojos y se esforzó en pensar en Maritta y en Fenris. Trató de apartar a Kai de su mente, pero la idea de volver a perderle le quemaba por dentro como una espada de fuego.

«Me partirás el corazón si me obligas a marchar», le dijo finalmente, sonriendo con tristeza.

Él ladeó la cabeza, sonrió y la miró con cariño.

«Tú eres fuerte.»

Dana suspiró. Recordó cómo había partido con el Maestro, seis años atrás, convencida de que era lo mejor que podía hacer por su familia. ¿Cuándo podría decidir por sí misma?

Se separó de Kai, dejando una mano asida a la de él, y tendió la otra a Aonia.

«Vamos, Señora de la Torre», dijo. «Vuelvo a casa y voy a necesitar tu ayuda.»

Aonia tomó su mano y Kai sonrió, pero Dana pudo leer en sus ojos que aquello era también muy difícil para él. Evitó pensar en lo que pasaría cuando volviese a despertar en su cuerpo y Kai fuera de nuevo un fantasma lejos de su alcance, y se concentró en el mundo que se extendía al otro lado del túnel al que sólo ella tenía libre acceso.

El Maestro había vuelto a su estudio, y junto a él estaba Fenris, vigilando otra vez desde el ventanal. Pronto amanecería y aquella larguísima noche tocaría a su fin, pero el elfo no se sentía nada aliviado ante tal perspectiva. Había decidido que, en cuanto atardeciera, se marcharía lejos, muy lejos, y dejaría que los lobos destrozasen al viejo, aunque él volviese a ser una bestia las noches de luna llena.

Porque sobre la amplia mesa del estudio yacía el cuerpo inerte de Dana, la joven hechicera que había ofrecido su libertad a cambio de la del ser que amaba, el espíritu de un muchacho que había muerto quinientos años atrás. Dana, debilitada tras la Prueba del Fuego, no había podido resistir el conjuro y, por tanto, no sólo había ofrecido su libertad, sino también su vida.

«Al menos, ahora ella y Kai están juntos», se dijo. «Quizá haya valido la pena al fin y al cabo.»

Pero, por alguna razón, al elfo le parecía algo monstruoso que Dana hubiese fallecido tan joven. Su corto cabello negro contrastaba con la mortal palidez de su rostro, del color y la frialdad de la cera, y sus ojos azules, todavía abiertos, habían perdido aquel brillo inteligente y sereno que los caracterizaba. Fenris se apartó de la ventana y se acercó en silencio al cuerpo de su amiga. El Maestro, ocupado en buscar algún tipo de información en los libros, no le prestó atención, y el elfo cerró con respeto los ojos de Dana. Su mirada se posó en la flamante túnica roja que cubría el cuerpo de la muchacha, y pensó que había tenido que pagar un precio demasiado alto por ella.

Fenris cerró los ojos y lloró por primera vez en ciento cincuenta años. Dana había sido su única amiga, ahora lo comprendía. Y no podía quedarse ni un día más bajo el mismo techo que el hombre que se la había arrebatado.

Levantó la cabeza y miró fijamente al Maestro.

—Me voy —anunció.

—Muy bien —respondió el mago sin volverse—. Esperarás al menos a mañana por la noche, ¿no? Todavía brilla la luna llena.

Fenris sintió que un escalofrío le recorría la espalda.

—No tienes valor —concluyó el Maestro.

—Me conoces peor de lo que piensas —replicó el elfo, y le dio la espalda a él y a Dana para volver a mirar por la ventana.

Entonces ella abrió los ojos.

Ninguno de los dos la estaba mirando en aquel momento, y no se dieron cuenta de que volvía a respirar, ni de que su corazón latía de nuevo. Era la segunda vez que volvía de la muerte, y en aquella ocasión estaba preparada. Se obligó a sí misma a no dejarse llevar por el pánico provocado por la sensación de asfixia, y procuró fingir que seguía muerta. Hacía mucho rato que el Maestro había apartado su mente de ella, y eso le daba una oportunidad.

Estaba pensando cómo aprovecharla cuando alguien llamó a la puerta del estudio.

Fenris y el Maestro se volvieron rápidamente, sorprendidos.

—Maldita enana —gruñó el hechicero—. Le dije que nunca...

—Disculpad, señor —dijo desde fuera la voz de Maritta—. Necesito entrar.

—¿Cómo que necesitas entrar? ¿Quién te has creído que eres?

El Maestro hizo un pase mágico y la puerta se abrió. Fuera estaba Maritta, temblando y con los ojos muy abiertos.

—Yo... traigo un recado —tartamudeó la enana—. Un recado...

Fenris la miró compasivamente.

—Está trastornada, la pobre —comentó—. Aonia ocupó su cuerpo durante demasiado tiempo.

El Maestro le dirigió una mirada fulminante.

—Aonia está muerta —sentenció—. Y ahora nadie puede traerla de vuelta al mundo de los vivos, así que no quiero oír mencionar su nombre nunca más.

—Un recado... —insistió Maritta.

—Lárgate a la cocina —ordenó el Maestro—. Y no vuelvas a molestarme.

Iba a darle la espalda, pero Maritta sonrió misteriosamente.

—Ella dice que estás acabado —anunció—. Que tu hora ha llegado, y que el mundo de los muertos reclama tu alma.

Fenris lanzó un grito ahogado y el Maestro se giró justo a tiempo para ver que Dana se incorporaba de la mesa con una terrible expresión en el rostro. Su túnica roja flotaba en torno a ella y su cuerpo emitía una aureola de luz dorada. Sus ojos azules brillaban como luceros perdidos en un pozo sin fondo.

—¡Tú! —pudo articular el Maestro—. ¡Estabas...!

Dana gritó unas palabras en lenguaje arcano y de sus manos brotaron rayos que condensaban toda su furia. El Maestro elevó rápidamente una barrera de protección, y los rayos rebotaron en ella sin tocarle. Los labios del hechicero comenzaban a formular un hechizo de contraataque cuando el estremecedor aullido de un lobo rebotó por los pétreos muros de la Torre, y el Maestro miró a Fenris, anonadado.

—¿Qué...? —empezó, pero no pudo terminar; el elfo le observaba con una media sonrisa.

—Tu hora ha llegado —le recordó—. Ya no voy a protegerte más: los lobos vienen por ti.

Avanzó hasta colocarse al lado de Dana, y juntos iniciaron un nuevo hechizo que sería el doble de potente que el anterior. El Maestro aulló y su barrera protectora se hizo más fuerte. Dibujó en el aire unas runas mágicas con el dedo y, de pronto, una enorme serpiente se materializó en la habitación, frente a Fenris y Dana.

—¡Estúpidos! —les espetó el Maestro con una carcajada—. ¡No podéis nada contra mí!

Los dos amigos reaccionaron inmediatamente, y dirigieron sus rayos hacia el cuerpo escamoso del reptil antes de que éste se lanzase sobre ellos. Sin embargo, apenas lograron hacerle cosquillas. La serpiente mágica era poderosa y antigua, y había luchado en mil batallas, invocada por innumerables magos antes de que el Maestro la llamara aquella noche. Sus colmillos destilaban veneno, su cola de cascabel azotaba el suelo como un látigo y su siseo llenaba toda la habitación, como llenaba las peores pesadillas de los pocos que la habían visto alguna vez y habían vuelto para contarlo.

Lucharon para salvar su vida contra aquel formidable enemigo. La cúspide de la Torre tembló ante sus hechizos de ataque, pero la serpiente los esquivaba y los devolvía y, en las pocas ocasiones en que la golpeaban, no parecían afectarle demasiado. Dana supo al cabo de un rato que no tenía modo de enfrentarse al monstruo, y miró a Fenris, que temblaba igual que ella.

Había llegado el fin para ambos.

—No podéis enfrentaros a mí, aprendices —dijo el Maestro—. Habéis perdido.

Pero entonces su rostro se contrajo en una mueca de dolor, las piernas le flaquearon y cayó de rodillas al suelo. La serpiente tembló un momento.

—No... puede... ser —murmuró el hechicero, y se llevó una mano al costado, donde se le había abierto una herida de la que brotaba sangre abundante. El desconcierto se apoderó de la mente del Amo de la Torre, y el miedo y el dolor desbarataron las runas.

La serpiente desapareció tan rápidamente como había venido.

—¿Qué ha pasado? —murmuró Dana, pasmada.

—En mi tierra tenemos un dicho —sonó entonces la voz de Maritta—: aquel que no mira nunca hacia abajo es hombre muerto.

Y la enana salió de detrás del Maestro, con un puñal manchado de sangre entre las manos.

—No... —dijo el mago.

La empujó a un lado para arrastrarse hacia la puerta y se precipitó escaleras abajo.

Dana hizo ademán de detenerle, pero una voz suave la detuvo:

—Déjale marchar. Hay alguien esperándole.

Ella miró hacia todos lados y vio a Kai y a Aonia. Sorprendida, dirigió su mirada hacia Maritta.

—Es Maritta —confirmó Aonia—. Ha sido ella, y sólo ella. Ha herido de muerte al Maestro.

Dana no tuvo tiempo de decir nada. Un terrible grito de terror resonó por la Torre, y los lobos grises elevaron un aullido de triunfo.

—La maldición se ha cumplido —dijo Aonia.

Dana estaba pálida. Todo había sido muy rápido, y ella apenas había tenido tiempo de asimilarlo.

Pero para Fenris aún era peor. El elfo no entendía absolutamente nada: minutos antes, el Maestro estaba vivo, y Dana estaba muerta; y ahora, el Maestro estaba muerto y Dana estaba viva. Por añadidura, él no podía ver ni oír a Aonia ni a Kai.

Dana se acercó a él y colocó una mano sobre su delgado hombro.

—Ya está, Fenris —dijo con suavidad—. El Maestro ha muerto. La Torre es nuestra.

El elfo la miró con el desconcierto latiendo en sus ojos color miel.

—¿Qué ha pasado?

Dana se lo explicó, mientras los primeros rayos de la aurora rompían las nubes y penetraban a través del ventanal. Fenris la escuchaba silencioso y sombrío.

—Entonces se ha terminado —dijo cuando ella acabó, y ladeó la cabeza—. Los lobos están satisfechos. Ahora volverán a las montañas y serán como todos los lobos de todos los valles del mundo.

Dana asintió.

—Así es como debe ser.

Se volvió entonces hacia Maritta, con un suspiro. La enana, mirándola con seriedad, dijo:

—La Señora de la Torre...

—Sí, Maritta —respondió Dana—. Ella está aquí con nosotros, y ahora puede marcharse tranquila al mundo de los muertos. Su venganza se ha cumplido y ella descansará en paz para siempre.

Maritta sonrió y sacudió la cabeza. Dana no la había entendido, pero con el tiempo sabría lo que había querido decir.

—Ven aquí, mi niña —dijo, y Dana se abrazó a ella con fuerza, emocionada.

—Me alegro de que vuelvas a ser tú.

—Nunca dejé de ser yo —dijo Maritta y, ante la sorpresa de Dana, añadió—: ¿O es que crees que Aonia entraría en mi cuerpo sin pedirme permiso? Yo sabía que volvería; la estuve esperando desde el día en que su maldición cayó sobre el Valle de los Lobos.

Los ojos de Dana se agrandaron.

—Por eso te quedaste en la Torre. Esperando una oportunidad para...

La enana asintió. Tenía los ojos llenos de lágrimas.

—Maritta, eres grande —dijo Dana, y la abrazó de nuevo.

Pero entonces sintió un contacto sobrenatural en el hombro, y se giró.

—Debo marcharme —dijo Aonia.

Dana asintió, y se levantó para despedirse. Pero la archimaga miró a Kai significativamente.

El muchacho se puso rígido.

—¿Qué pasa? —preguntó—. ¿Ha llegado ya la hora?

—Ella no te necesita ya.

Dana se volvió hacia ella rápidamente, al comprender lo que quería decir.

—¡Eso no es cierto! Yo le necesito a mi lado. ¡No quiero que se marche!

Kai miró a Aonia, y luego a Dana, profundamente abatido. Pero entonces tomó una decisión y se acercó a su amiga. Le puso las manos sobre los hombros y la miró a los ojos.

—Kai...

Él la contempló en silencio, perdiéndose en su mirada.

—Debo marcharme —fue lo único que dijo, pero fue bastante; para Dana fue como si hubiese firmado su sentencia de muerte.

—No te vayas —pidió, aunque sabía que era inútil—. No me dejes.

—No voy a dejarte. Eres una *Kin-shannay,* y sabes de la vida y de la muerte más que cualquier mortal. Sabes que en el fondo nada muere, y que yo te estaré esperando.

Una chispa se encendió en los ojos azules de Dana.

—Mientras tanto —prosiguió él, adivinando lo que pensaba—, quiero que me prometas una cosa, y que me jures por lo más sagrado que lo cumplirás.

—Lo juro.

Los ojos verdes de Kai parecieron sonreír.

—Vive —le pidió—. No trates de acortar tu existencia para reencontrarte conmigo antes de tiempo. Vive muchos años, vive intensamente, vívelo todo. Vive por mí la vida que no pude vivir yo.

Ella le miró desconcertada.

—Pero...

—Me lo has prometido —le recordó él—. Y ahora, hasta siempre, querida amiga. Gracias por estos años a tu lado. Gracias de todo corazón.

Kai se separó de ella y se alejó un poco. Dana corrió tras él.

—¿No puedo ir contigo?

—No. Tu lugar está aquí. Has de volver al templo y recibir el poder que el unicornio va a darte.

—Pero yo quiero...

—Lo sé. Ten paciencia y aprovecha la vida, porque es algo único. No hagas lo que hice yo.

Dana lo miró intensamente.

—¿Te has arrepentido?

—Todos los días de mi vida al Otro Lado —le aseguró él—. Aunque a veces me pregunto si habría llegado a conocerte de no haberme enfrentado a ese dragón. Nunca lo sabré, supongo —suspiró—, ni tampoco llegaré a saber si realmente lo maté o no. ¿Tú qué piensas?

Dana no sabía si lo preguntaba en serio o si era sólo una broma para aliviar la tensión.

—Yo podría averiguarlo —dijo por fin.

Kai sonrió otra vez y le acarició la mejilla con los dedos.

—Vive —le recordó.

Y entonces dio media vuelta y se alejó hacia donde lo esperaba Aonia. Dana le dirigió una última mirada suplicante a la hechicera, pero ella sonrió y, cuando Kai llegó a su lado, le dijo a la chica:

—Aprovecha todo lo que has aprendido. Con el poder que tienes y el que te entregará el unicornio puedes hacer muchas cosas buenas, *Kin-shannay*. Por ejemplo, puedes ayudar a ese pobre elfo que sufre tanto las noches de luna llena.

—¿Realmente puedo? —dijo Dana, sorprendida.

—La magia está en ti, y el autocontrol está en él. Es un Señor de los Lobos; con el tiempo sabrá dominar su herencia en su propio beneficio, y aprenderá a no ser esclavo de ella. Pero debes enseñarle.

Dana meditó sus palabras y miró a Fenris. El elfo, sentado en el suelo junto a Maritta, la veía conversar con espíritus que él no podía ver ni oír, y trataba de enterarse de lo que estaba pasando a partir de las palabras de su amiga.

Dana se dijo que sería buena cosa intentar hacer algo por él. La perspectiva de aquel nuevo reto hizo que se sintiera un poco mejor.

—Adiós —dijo entonces Aonia—. Llévanos de vuelta a nuestra propia dimensión.

Dana respiró hondo y se centró en la frontera entre ambos mundos. Sintió que algo dentro de ella le advertía de que los espíritus podían marcharse, y miró a Kai esperando que él cambiase de opinión, aunque sabía que era algo que no estaba en su mano hacer. El chico le dirigió una última mirada llena de ternura y su imagen se difuminó y se hizo más borrosa y translúcida, hasta desaparecer por completo.

Dana se sintió vacía, muy triste y muy sola. Era la primera vez en diez años que Kai no estaba a su lado, y lo peor era que no volvería. Pero entonces notó el brazo del elfo alrededor de sus hombros.

—¿Se ha ido? —preguntó él suavemente.

Dana asintió, con los ojos llenos de lágrimas. Fenris sacudió la cabeza y la guió hasta la ventana.

—Mira.

Dana miró. El paisaje, cubierto de nieve, estaba magnífico bajo la luz matinal. Aquella mañana era como tantas otras y, sin embargo, estaba cargada de alegría y esperanza.

Era el amanecer de una nueva etapa en el Valle de los Lobos.

EPÍLOGO

LOS DOS HOMBRES avanzaban con dificultad por el camino del valle. El más joven, un pelirrojo de ojos risueños, arrastraba una terca mula que consideraba que iba demasiado cargada para aquella caminata, y se paraba en cuanto notaba que su guía dejaba de tirar del ronzal, aunque fuera por un breve instante.

El viejo se detuvo y se secó el sudor de la frente.

—¿Falta mucho? —quiso saber.

El otro respondió:

—No. Es atravesar un trecho de bosque y ya está.

El mayor se estremeció.

—Ni hablar. No pensarás llevarme hasta la mismísima Torre, ¿eh?

El joven silbó e hizo girar su gorra entre los dedos.

—¿Cuántos años hacía que no venías por el valle, amigo? La Señora de la Torre protege a todos sus habitantes. Todos somos bienvenidos en su hogar.

—Sí, sí —rezongó el otro—. Todo lo que quieras, pero ese lugar sigue estando maldito. ¿Quién puede fiarse de los magos hoy en día? No hay más que ver el encarguito que traemos...

Enmudeció cuando dos figuras aparecieron en lo alto de una loma. Ambas montaban a caballo y llevaban sendas capas que aleteaban tras ellos al son del viento.

—¡Maldita sea! —murmuró el hombre, pero el pelirrojo apretó los dientes, tiró del ronzal de la mula y caminó con decisión hasta plantarse frente a ellos, si bien a una prudencial distancia.

El jinete más avanzado se apartó la capucha de la cara. Los últimos rayos del sol poniente iluminaron los rasgos de una mujer joven y hermosa, de melena negra como el ala de un cuervo y ojos azules, profundos y serenos como el mar en calma.

El joven se inclinó ante ella.

—Buenas tardes, Señora de la Torre —la saludó, tartamudeando un poco ante la expresión intensa de aquellos ojos que parecían saberlo todo—. Os traemos...

No pudo seguir. La dama sonrió.

—Gracias, Nicolás —dijo.

Se volvió un momento hacia la figura encapuchada que permanecía en segundo plano montada sobre un caballo alazán, y después miró a los hombres.

—¿Puedo verlo?

—¡Claro! —Nicolás se llevó los dedos a la gorra y después se volvió hacia su compañero. Tuvo que darle un empellón, porque no acertaba a moverse.

Entre los dos descargaron la mula y presentaron un enorme fardo ante la Señora de la Torre. El viejo recobró el habla:

—Ha sido necesaria una larga búsqueda para encontrarlo.

—Lo sé —asintió ella—. Serás recompensado.

El sol había acabado de hundirse tras las montañas cuando el contenido del bulto apareció ante los ojos de la hechicera.

Eran huesos de dragón. El esqueleto no estaba completo, pero aun así se podía apreciar que el animal había sido de tamaño mediano.

—Un azul —explicó el hombre, señalando el cráneo—. ¿Veis? Sólo los dragones azules tienen este tipo de cuernos. Y en cuanto a las costillas...

—¿Traes lo otro? —interrumpió inesperadamente una voz armoniosa que salía de las profundidades de la capucha del segundo jinete—. La dama no tiene todo el día.

La Señora de la Torre lo tranquilizó con un gesto, pero el hombre ya temblaba otra vez.

—S...sí, señores —tartamudeó, y extrajo de su saquillo un objeto que tendió a la mujer con una reverencia.

Ella lo desenvolvió con sumo cuidado y lo observó ansiosamente bajo la luz de las estrellas.

Era un puñal antiquísimo; no había gemas en la empuñadura, ni tenía la hoja grabada con filigranas de plata. Más bien se trataba de un cuchillo de cocina normal y corriente, oxidado y sin valor.

Sin embargo, la hechicera cerró los ojos y besó la empuñadura de aquella daga con infinita ternura. Después la envolvió de nuevo con mucho cuidado y la guardó en una bolsa que pendía de su cinto.

—¿Dónde lo encontraste? —preguntó.

—Bien incrustado entre las costillas del dragón, mi señora —respondió el hombre.

—¿Crees que eso pudo matarlo?

—No lo sé, pero es lo que parece. La bestia se desplomó desde el cielo sin motivo aparente y se estrelló de cabeza contra las montañas. ¿Veis? Tiene la mandíbula destrozada.

La Señora de la Torre observó la cabeza del dragón con interés.

—De todas formas, eso sucedió hace mucho tiempo —añadió el hombre, encogiéndose de hombros—. Siglos probablemente. No puede saberse.

—Yo lo sé —se limitó a decir ella con suavidad.

—¡Ah, bueno! Si vos lo decís... será cierto.

La mujer asintió.

—Has cumplido lo pactado —dijo—. Ahora yo cumpliré mi parte del trato.

El hombre avanzó un paso. De pronto se vio con una bolsa repleta que había aparecido en sus manos como por arte de magia; dio un respingo y la observó con desconfianza.

—No va a desaparecer —le aseguró la dama, y su compañero coreó sus palabras con una alegre carcajada.

—¿Necesitáis que os ayudemos a transportarlo hasta la Torre? —intervino Nicolás, señalando el esqueleto del dragón.

—No, gracias, Nicolás. Podéis marcharos.

El joven saludó de nuevo y dio media vuelta arrastrando a la mula, considerablemente más aliviada ahora. Su compañero lo siguió, tras lanzar una última mirada desconfiada a los magos, pero apretando la bolsa del dinero contra su pecho.

La dama y su acompañante se quedaron allí un rato mientras un manto de estrellas cubría el valle. Entonces ella alzó la cabeza para mirar a la luna. Estaba en cuarto creciente, como una raja de melón o una enorme sonrisa, y entre sus dos picos brillaba una estrella excepcionalmente hermosa.

Los hombres y la mula estaban ya muy lejos. El segundo jinete se quitó la capucha y dejó que la luna iluminara sus suaves rasgos de elfo. Entonces echó la cabeza atrás y aulló.

Fue un aullido largo y prolongado, que pronto recibió contestación desde las montañas: sus hermanos lobos coreaban su saludo.

La Señora de la Torre miró al elfo y le sonrió; y él le sonrió también.

Lentamente, ambos emprendieron el regreso hacia la Torre bajo el cielo estrellado, dejando atrás los pálidos huesos del dragón azul bañados por la luna creciente.

Í 🌣 d i c e

TÍTULOS PUBLICADOS

FANTASÍA

HUMOR

NOVELA HISTÓRICA

Si te ha gustado este libro, también te gustarán:

Crónicas de Istandar, de César González Liébana

El Navegante (Fantasía), núm. 8

Hace más de mil años, Blackwing, el gran dragón negro, se instaló al norte del mundo conocido. Desde allí enviaba sus tropas de orcos, trasgos y dragones a las tierras donde vivían los hombres, enanos y elfos. Rasek Karanhini, cronista de la Ciudad de Plata, recuerda esa época...

La maldición del Maestro, de Laura Gallego

El Navegante (Fantasía), núm. 15

El Amo de la Torre juró venganza antes de morir. Ningún aprendiz de magia debe rebelarse contra su Maestro y, sin embargo, Dana, la actual Señora de la Torre, y Fenris, el elfo, lo hicieron. Ahora, aprovechando que hay nuevos discípulos en la escuela, la muerte no va a impedirle al Maestro cumplir su promesa. Y en el valle siguen aullando los lobos...

Las hijas de Tara, de Laura Gallego

Gran Angular, núm. 225

El mundo natural de Mannawinard lleva mucho tiempo enfrentado al mundo tecnológico de las dumas. Cinco humanos de diferentes orígenes y un androide tienen la solución; pero antes ´deberán encontrarse y emprender juntos un viaje lleno de peligros, donde mercenarios, clones y robots destructivos intentarán acabar con sus vidas.